D1705094

Naslov izvornika
RATBURGER

Za nakladnika Bojan Vidmar
Glavni urednik Zoran Maljković

Urednik Zoran Maljković
Grafički urednik Ivica Jandrijević
Korektor Srđan Boban
Prilagodba naslovnice Ivica Jandrijević

Tisak Denona, Zagreb, listopad 2014.

ISBN 978-953-14-1680-1
CIP zapis dostupan u računalnom katalogu
Nacionalne i sveučilišne knjižnice u Zagrebu pod brojem 888046.

David Walliams

Bljakburger

Ilustrirao Tony Ross

Preveo Ozren Doležal

Mozaik knjiga

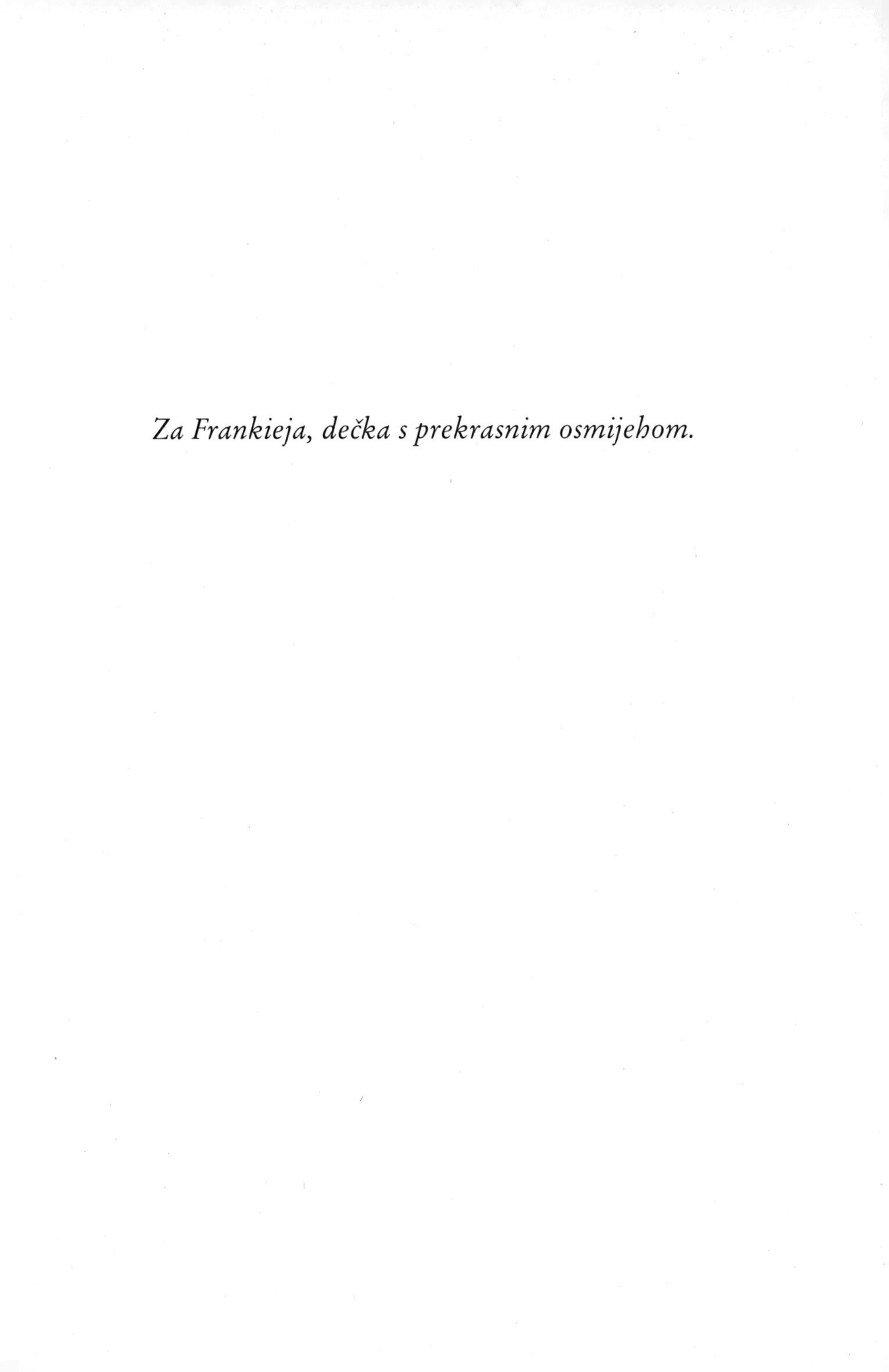

Za Frankieja, dečka s prekrasnim osmijehom.

Zahvale:

Želio bih, prema redoslijedu važnosti, zahvaliti sljedećim ljudima:

Ann-Janine Murtagh, mojoj šefici u HarperCollinsu. Volim te. Obožavam te. Najljepša ti hvala što si toliko vjerovala u mene ali, više od svega, hvala ti što si takva kakva jesi.

Nicku Lakeu, mojem uredniku. Znaš da vjerujem kako u ovom poslu od tebe nema boljeg, ali također bih ti želio zahvaliti na tome što si mi pomogao NE SAMO da postanem bolji pisac, nego i bolji čovjek.

Paulu Stevensu, mojem književnom agentu. Ne bih ti plaćao 10% plus PDV za tih tvojih nekoliko telefonskih poziva da se ne osjećam krajnje sretno i blagoslovljeno zbog toga što me upravo ti zastupaš.

Tonyju Rossu. Ti si najtalentiraniji ilustrator u cjenovnom razredu koji smo si mogli priuštiti. Hvala ti.

Jamesu Stevensu i Elorine Grant, grafičkim dizajnerima. Hvala puno.

Lily Morgan, lektorici. Hvala lijepo.

Samu Whiteu, menadžeru za odnose s javnošću. Geraldine Stroud, direktorici za odnose s javnošću. Sto put hvala.

Upoznajte likove ove pripovijesti:

Gospodin Smrtić,
ravnatelj škole
Profesorica
Kepecić, sićušna
nastavnica
Raj,
debeli trgovac
Tina Trotts,
lokalna nasilnica
Puslica,
mrtvi hrčak
Armitage,
živi štakor

1

Zadah po čipsu od škampa

Hrčak je bio mrtav.

Izvalio se na leđa.

Sa sve četiri u zraku.

Mrtav.

Zoe je otvorila kavez dok su joj se suze slijevale niz obraze. Ruke su joj drhtale a srce joj se slamalo. Dok je Pusličino sićušno, krzneno tijelo polagala na olinjali tepih, činilo joj se da se više nikad u životu neće moći nasmiješiti.

– Sheila! – zazvala je Zoe, najglasnije što je mogla. Usprkos ustrajnim molbama njezina oca, Zoe je maćehu uporno odbijala zvati "mamom". Tako je nikada nije zvala, a zaklela se da nikad niti neće. Zoeinu mamu nitko ne bi mogao zamijeniti – a maćeha se to nije čak niti trudila.

– Daj, začepi labrnju! Gledam telku i mastim brk! – doviknuo je mrzovoljni ženski glas iz dnevnog boravka.

– Dođi vidjeti Puslicu! – doviknula joj je Zoe. – Nije mu dobro!

Te riječi baš i nisu najpreciznije opisivale stanje stvari.

Zoe je jednom na telki gledala bolničku sapunicu u kojoj je medicinska sestra pokušala oživiti starca na samrti pa se očajnički trudila hrčku dati umjetno disanje blago mu pušući u otvorenu njuškicu. Nije upalilo. Pripajanje glodavčeva srca na bateriju od 1,2 V s pomoću spajalice za papir također nije urodilo plodom. Jednostavno je bilo prekasno.

Hrčak je bio hladan na dodir, a i ukočen.

– Sheila! Molim te, pomogni mi...! – viknula je djevojčica.

Zoeine su suze isprva potekle nečujno a zatim je gromoglasno zaridala. Naposljetku je začula kako se maćeha nevoljko vuče hodnikom skučenoga stana, koji se šćućurio na 37. katu nakrivljena nebodera. Žena je glasno puhala i stenjala kad god bi nešto morala napraviti. Bila je toliko lijena da je od Zoe znala tražiti da joj kopa nos, premda bi, dakako, Zoe to svaki put odbila. Sheila je stenjala čak i dok daljinskim upravljačem mijenja programe na telki.

– Uuf, uuf, puuf, uuf... – uspuhala se Sheila tabanajući hodnikom. Zoina maćeha bila je prilično niska rasta, ali to je nadoknađivala time što je bila široka koliko i visoka.

Jednom riječju, bila je okrugla.

Ubrzo je Zoe osjetila da ta žena stoji na vratima, jer je zaklonila svjetlost iz hodnika poput pomrčine mjeseca. Povrh toga, Zoe je nanjušila mučno slatkastu aromu čipsa od škampa. Njezina ih je maćeha obožavala. Štoviše, hvalila se da je kao klinka odbijala jesti išta drugo i da bi svu ostalu hranu smjesta pljunula mami u facu. Prema Zoeinu mišljenju, taj je čips smrdio, i

to ne po škampima. I maćehin je dah, dakako, odurno zaudarao po njemu.

Čak je i sada, stojeći na pragu, Zoeina maćeha u jednoj ruci držala vrećicu tih smrdljivih grickalica dok ih je drugom trpala u usta promatrajući prizor pred sobom. Bila je, kao uvijek, odjevena u prljavu, bijelu, predugačku majicu kratkih rukava, crne tajice i čupave, ružičaste papuče. Goli dijelovi kože bili su joj prekriveni tetovažama. Na podlakticama su joj bila ispisana imena bivših muževa, sva do jednog prekrižena:

– Jao majko – dreknula je žena ustima punim čipsa. – Joj meni, majko mila moja, kako je to jako tužno. Srce mi se slama. Sirota beštija otegnila papke! – Nagnula se nad pokćerku i zagledala joj se preko ramena u mrtvoga hrčka. Kad je progovorila, zasula je tepih pljuskom napola prožvakanih komadića čipsa.

– Joj meni, majko mila moja draga i što ti ja znam što sve ne – nadoda glasom koji nije zvučao ni najmanje tužno.

Uto je golemi komad napola sažvakanog čipsa izletio iz Sheilinih usta ravno na njegovo siroto, čupavo lišce. Bila je to mješavina čipsa i pljuvačke. Zoe ju je nježno obrisala, pri čemu joj je suza iz oka kanula na njegov hladan, ružičast nosić.

– Ej, imam ideju! – rekla je Zoeina maćeha. – Samo da potamanim ovi' čips pa možeš tu beštiju gurnit' tuten u vrećicu. Ja ga neću ni taknit'. Ta gamad raznosi svakakve boleštine.

Sheila je podignula vrećicu nad usta pa u halapljivo grlo sasula i posljednju mrvicu čipsa od škampa. Zatim je praznu vrećicu pružila pokćerki. – Evo ti na. Baci ga unutra, samo brzo. Prije nego mi zasmrdi cijeli stan.

Zoe se zamalo zagrcnula čuvši tu nepoštenu optužbu. Stan je već bio zasmrđen čipsom od škampa njezine debele maćehe! Dahom bi mogla oguliti boju sa zidova. Da puhne u kokoš, otpalo bi joj sve perje. Da vjetar promijeni smjer, njezin bi se gadan zadah osjetio u susjednome gradu.

– Ne pada mi napamet da svog sirotog Puslicu pokopam u vrećici od čipsa – odbrusila joj je Zoe. – Ne znam zašto sam te uopće pozvala. Samo izađi, molim te!

– Joj, Isusa ti dragoga, dijete! – dreknula je žena. – Samo sam ti probala pomoć'. Derište jedno nezahvalno!

– E, pa ne pomažeš mi! – izdere se Zoe ne okrećući glavu. – Samo idi! Molim te!

Sheila je istutnjila iz sobe i zalupila vrata tolikom silinom da je žbuka popadala sa stropa.

Zoe je slušala kako ta žena koju nije željela zvati "mamom" tabana natrag prema kuhinji, nesumnjivo se spremajući otvoriti još jedno obiteljsko pakiranje čipsa od škampa da ga natrpa u gubicu. Djevojčica je ostala sama u sobičku, milujući uginulog hrčka.

Ali od čega je uginuo? Zoe je znala da je Puslica bio jako mlad, čak i kada bi se mjerilo u glodavačkim godinama.

Je li moguće da je hrčak ubijen s predumišljajem? pitala se.

Ali kakva bi to osoba imala srca ubiti bespomoćnog, majušnog hrčka?

E, prije kraja ove priče, doznat ćete odgovor. A doznat ćete i da postoje ljudi koji su u stanju napraviti i gore, daleko gore stvari. Negdje među stranicama ove knjige vreba najgori zlikovac na svijetu. Čitaj dalje, ako se usuđuješ...

2

Jedna jako posebna curica

Prije negoli upoznamo tu do srži pokvarenu osobu, moramo se vratiti na početak.

Zoeina prava mama umrla je dok je Zoe još bila beba, ali Zoe je ipak jako sretno živjela. Tata i Zoe oduvijek su bili mali tim, a on ju je obasipao ljubavlju. Dok je Zoe bila u školi, tata je odlazio na posao u obližnju tvornicu sladoleda. Za sladoledom je ludovao još otkako je bio dječak i volio je raditi u tvornici, premda je njegov posao zahtijevao prekovremene sate i jako težak rad, a sve to za malo novca.

Ono što je Zoeinu tati davalo snage da ustraje, bilo je izmišljanje novih okusa sladoleda. Po završetku

svake smjene u tvornici uzbuđeno bi jurio kući natovaren uzorcima uvrnutih i predivnih novih okusa koje bi Zoe prva na svijetu kušala. Potom bi svojemu šefu javljao što joj se najviše svidjelo. Evo Zoeinih favorita:

Šeretski šerbet

Gumoslasna kauguma

Trostruki vrtlog od čokolješnjaka

Šećerna vata na tri kata

Krasna krema s karamelom

Moćni mango

Žele s kockicama cole

Maslac od kikirikija s pjenicom od banane

Ananas i slatki korijen

Dinamitni pucketavi bombončići

Najmanje joj se svidio okus "Puž s brokulom". Čak ni Zoein tata nije mogao postići da sladoled od puževa i brokule bude slastan.

Nisu svi okusi stizali do trgovina (pogotovo ne Puž s brokulom) ali Zoe ih je sve iskušala! Ponekad bi se toliko najela sladoleda da se pobojala kako će joj želudac eksplodirati. Što je najbolje od svega, često je bila jedino dijete na svijetu koje bi probalo neki sladoled i zbog toga se Zoe osjećala jako posebnom.

Postojao je samo jedan problem.

Budući da je bila kćer jedinica, Zoe kod kuće nije imala nikoga s kim bi se igrala, osim tate koji je

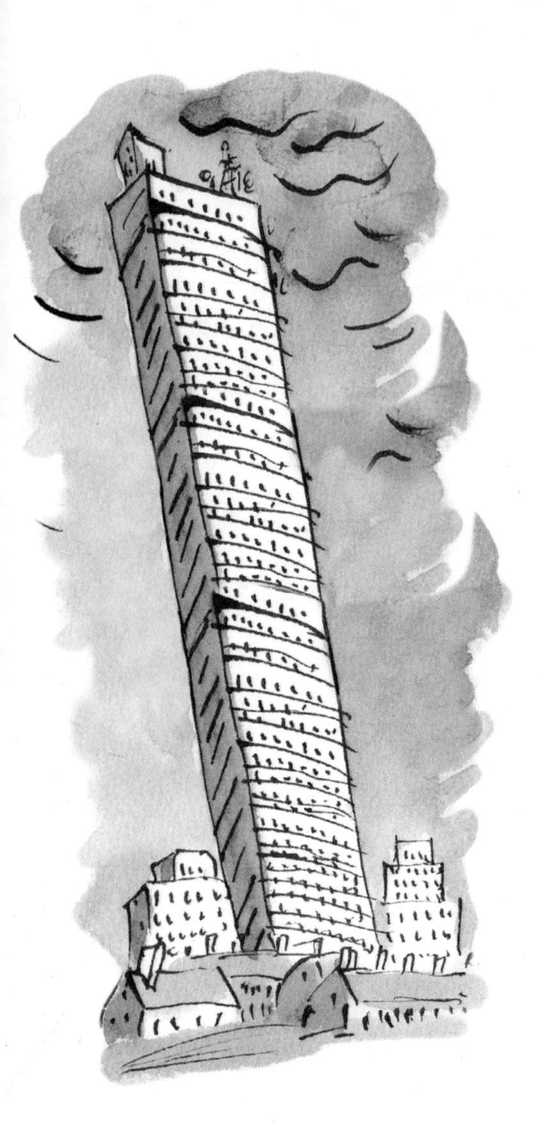

dokasna radio u tvornici. Zato je, kad je napunila devet godina, kao i mnogi drugi klinci, poželjela kućnog ljubimca. Željela ga je svim srcem i dušom. Nije to morao biti hrčak – trebala je nešto, bilo što, što može voljeti. Nešto što bi joj, nadala se, tu ljubav moglo i uzvratiti. Međutim, s obzirom na to da je živjela na 37. katu kosoga nebodera, to nešto moralo je biti maleno.

I tako joj je tata, na deseti rođendan, priredio iznenađenje i ranije izišao s posla da dočeka kćer pred školskim vratima. Podigao ju je na ramena – to je obožavala još otkako je bila beba – i odnio je do obližnje trgovine kućnim ljubimcima. Ondje joj je kupio hrčka.

Zoe je izabrala najčupavijeg, najslađeg mladunca i nazvala ga Puslica.

Puslica je živio u kavezu u njezinoj sobi. Zoe nije smetalo što je Puslica noću znao jurcati po svojem kolutu tako da nije mogla zaspati. Nije joj smetalo što bi je ponekad gricnuo za prst kad bi ga u posebnim prigodama nagradila komadićem keksa. Nije joj smetalo čak ni to što mu je kavez smrdio po životinjskoj kakici.

Jednostavno rečeno, Zoe je voljela Puslicu. A i Puslica je volio Zoe.

Zoe u školi nije imala mnogo prijatelja. A što je još gore, drugi su je klinci kinjili zato što je bila niska, riđokosa i morala nositi aparatić za zube. Samo bi jedno od toga bilo dovoljno da joj zagorča život. A ona je na tomboli osvojila trostruki zgoditak.

I Puslica je bio malen i riđ, premda, razumije se, nije morao nositi aparatić za zube. Taj sitan stas i riđa dlaka vjerojatno su, u dubini duše, bili razlog iz kojeg je Zoe između desetaka sićušnih čupavih kuglica koje su se skutrile jedna uz drugu iza stakla trgovine s ljubimcima odabrala upravo njega. Sigurno je prepoznala srodnu dušu.

Idućih tjedana i mjeseci, Zoe je Puslicu poučila čudesnim trikovima. Za sjemenku suncokreta stao bi na stražnje noge i malo zaplesao. Za orah bi napravio kolut natrag. A za kockicu šećera, vrtio bi se na leđima kao helikopter.

Zoein san bio je da njezin maleni ljubimac postigne svjetsku slavu kao prvi hrčak koji pleše *breakdance*! Za Božić je planirala postaviti predstavu za klince iz kvarta. Čak je izradila i plakate kojima bi je oglasila.

A zatim je, jednoga dana, tata stigao kući s posla noseći jako tužne vijesti, koje će njihov malen, sretan zajednički život pretvoriti u prah i pepeo...

3

Niškoristi

– Dobio sam otkaz – rekao je tata.

– Nemoguće! – rekla je Zoe.

– Zatvaraju tvornicu – kompletnu proizvodnju sele u Kinu.

– Ali pronaći ćeš novi posao, ne?

– Pokušat ću – odvratio je tata. – Neće biti lako, znaš? Gomila nas tražit će isti posao.

Pokazalo se da uistinu nije bilo lako. Bolje rečeno, bilo je nemoguće. Budući da je toliko ljudi istodobno izgubilo posao, tata je bio prisiljen tražiti socijalnu pomoć od države. Bila je to prava crkavica, jedva dovoljna za preživljavanje. Budući da cijeloga dana nije imao što raditi, tata je postajao sve potišteniji. Isprva je svakoga dana odlazio do Zavoda za zapošljavanje. Ali nikada nije bilo nikakvog posla u krugu od dvjesto pedeset kilometara pa je naposljetku počeo odlaziti do pivnice – Zoe je to zaključila jer je bila poprilično sigurna da Zavodi za zapošljavanje nisu otvoreni kasno u noć. Zoe je bila sve zabrinutija za svojega tatu. Ponekad se pitala nije li posve digao ruke od života. Činilo se da je gubitak supruge, a zatim i posla, jednostavno pretežak teret da bi ga nosio na duši.

Ali nije niti slutio da će sve postati još mnogo, mnogo gore...

Tata je upoznao Zoeinu maćehu kada mu je bilo najgore. Bio je osamljen, a ona slobodna otkako joj je posljednji muž stradao nekim zagonetnim nesretnim slučajem povezanim s čipsom od škampa. Sheila je, čini se, mislila da će joj socijalna pomoć desetoga muža priskrbiti lagodan život s preobiljem cigareta i brdima čipsa od škampa.

Budući da je Zoeina prava mama umrla dok je Zoe još bila beba, koliko god Zoe pokušavala, a pokušavala je i pokušavala, nije je se mogla sjetiti. Nekoć je maminih fotografija bilo posvuda po stanu. Mama je imala blag osmijeh. Zoe je znala zuriti u fotografije pokušavajući se smiješiti baš kao ona. Jasno se vidjelo da si jako sliče. Pogotovo nasmiješene.

Kako bilo, jednoga dana, kada nikoga nije bilo kod kuće, Zoeina je maćeha maknula sve fotografije. Poslije su se, vidi vraga, "zagubile". Vjerojatno ih je spalila. Tata nije volio pričati o mami jer bi se smjesta rasplakao. Nastavila je, međutim, živjeti u Zoeinu srcu. Djevojčica je znala da ju je prava mama jako voljela. Jednostavno je bila sigurna u to.

Zoe je također znala da je maćeha *ne voli*. Niti da joj se bogzna kako sviđa. Zapravo, Zoe je bila prilično uvjerena da je maćeha mrzi. Sheila se prema njoj, u najgorem slučaju, ponašala kao da je najgori davež, a u najboljem slučaju kao da je nevidljiva. Zoe je maćehu već više puta čula kako govori da jedva čeka dan kada će Zoe biti dovoljno odrasla da je izbace iz kuće.

– Onda će to malo derište konačno prestat' must' pare od mene! – govorila je. Ta joj žena nikad nije dala ni novčića, čak ni za rođendan. Prošlog je Božića Sheila darovala Zoe prljavi papirnati rupčić, a zatim se djevojčici nasmijala u facu kada ga je razmotala. Bio je prepun šmrklji.

Ubrzo nakon što se Zoeina maćeha uselila u stan, počela je zahtijevati da se hrčka izbaci na ulicu.

– Smrdi! – drečala je.

Kako bilo, nakon mnogo dernjave i treskanja vratima, Zoe je na kraju ipak bilo dopušteno zadržati malenog ljubimca.

Sheila se, međutim, i dalje gnušala Puslice. Kukala je i zapomagala da taj mali hrčak grize rupe u kauču, premda ih je zapravo progorio užareni pepeo koji joj je padao s cigarete! Nebrojeno je puta prijetila pokćerki da će "zgazit' tu prljavu beštiju ako je ikada vidi izvan kaveza".

Uza sve to, Sheila se izrugivala Zoeinim pokušajima da nauči hrčka plesati *breakdance*.

– Samo gubiš vrijeme na te bedastoće. Ti i ta tvoja beštija ste niškoristi. Čuješ li ti mene, mala? Niškoristi!"

Zoe je čula, ali odlučila je da neće slušati. Znala je da ima poseban dar za rad sa životinjama, a to joj je i tata oduvijek tvrdio.

Zoe je zapravo sanjala o svjetskoj turneji s golemom menažerijom životinjskih zvijezda. Jednoga će dana dresirati životinje da izvode fantastične točke koje će, vjerovala je, oduševiti svijet. Čak je sastavila i popis mogućih vragolastih ludorija:

Žabac slavni DJ

Reperska kornjača

Plesni par

skočimiševa

Slon operni pjevač

Magarac mađioničar

Stonoga koja pleše step

Boy-band zamoraca

Plesna grupa “Čančare čagaju”

Maca imitatorica (oponaša slavne mačke iz crtića)

Svinja balerina

Glista hipnotizerka

Goveda koja
plešu na žici

Mrav trbuhozbora

Krtica kaskaderka koja izvodi nevjerojatno smjelu točku ispaljivanja iz topa

Meduze s crnim pojasom u karateu

Nilski konj koji skače *bungeejem*

Zoe je sve pomno isplanirala. S pomoću novca koji životinje zarade, ona i otac zauvijek će pobjeći iz nakrivljenog, ruševnog nebodera. Zoe će tati kupiti mnogo veći stan, a ona će se povući na golemo seosko imanje gdje će otvoriti azil za neželjene ljubimce. Životinje će po cijele dane moći trčkarati imanjem, a noću zajedno spavati na divovskom krevetu. Nad ulaznim vratima pisat će: "Nijedna životinja nije prevelika ni premala da bi bila voljena".

A zatim se tog kobnog dana Zoe vratila iz škole i zatekla Puslicu mrtvog. A s njim su umrli i snovi o zvjezdanom uspjehu njezinih dresiranih životinja.

Eto, dragi čitatelji, nakon ovog kratkog izleta u prošlost našli smo se opet na početku, spremni za nastavak.

Nemojte se, međutim, sada vraćati na početak, jer to bi bilo zbilja blesavo i stalno biste se vrtjeli ukrug čitajući istih nekoliko stranica. Ne, prijeđite na iduću stranicu, a ja ću nastaviti priču. Brzo. Prestanite čitati i prijeđite na drugu stranicu. Dok sam rekao keks!

4

Prljava posla

– Baci ga u zahod i pusti vodu! – dreknula je Sheila.

Zoe je sjedila na svom krevetu i slušala kako se tata i maćeha svađaju.

– Neću! – odvratio je tata.

– Davaj' ga vamo', ništarijo beskorisna! Sama ću ga bacit u smeće.

Zoe je često sjedila na svom krevetu u premaloj pidžami i kroz poput kartona tanak zid slušala kako se tata i maćeha svađaju do kasno u noć, kad bi već trebala spavati. Večeras su, dakako, galamili i urlali o Puslici, koji je toga dana uginuo.

Budući da su živjeli u stanu na 37. katu ruševnog nebodera s državnim stanovima (koji se jako nakrivio i trebao biti srušen još prije nekoliko desetljeća), njezina obitelj nije imala vrt. *Postojalo* je dječje igralište na središnjem betonskom trgu koje su dijelile sve stambene zgrade u naselju. Zbog lokalne je bande, međutim, postalo preopasno ondje zalaziti.

– Šta buljiš? – derala bi se Tina Trotts na svakoga tko bi prolazio. Tina je bila dežurna nasilnica, a njezina je banda tinejdžerskih huligana vladala kvartom. Bilo joj je samo četrnaest godina, ali i odraslog je muškarca mogla natjerati u suze, što je nerijetko i činila. Svakoga bi dana iz svog stana hračnula Zoe na glavu dok bi djevojčica pješačila u školu. I svakoga bi se dana Tina grohotom smijala, kao da na svijetu nema ničeg smješnijeg.

Da je njezina obitelj posjedovala djelić zadružnog vrta ili barem imala vlasništvo nad kakvim komadićem travnate površine u naselju, Zoe bi žlicom iskopala malen grob, položila svog sićušnog prijatelja u raku i podigla mu nadgrobni spomenik od štapića za sladoled.

Puslica,
voljeni hrčak,
majstor breakdancea,
a ponekad i drugih plesnih stilova.
Zauvijek će nedostajati svojoj vlasnici i prijateljici, Zoe.
Počivao u miru.

Ali, dakako, nisu imali vrt. Nitko ga nije imao. Umjesto toga, Zoe je hrčka brižno umotala u stranicu radne bilježnice iz povijesti. Kad se tata napokon vratio iz pivnice, Zoe mu je uručila taj dragocjen zavežljajčić.

Tata će znati što da radi s njim, pomislila je.

Ali Zoe nije računala na uplitanje grozomorne maćehe.

Za razliku od svoje nove supruge, tata je bio visok i mršav. Moglo bi se reći da je ona bila poput kugle za kuglanje, a on poput čunja, a kugle, dakako, najčešće poruše čunjeve.

I tako su se sada tata i Sheila u kuhinji zakvačili oko toga što treba učiniti s paketićem koji je Zoe predala tati. Uvijek je bilo grozno slušati kako se deru jedno na drugo, ali te večeri bilo je posebno gadno, gotovo nepodnošljivo.

– Mogao bih sirotoj curici kupiti novog hrčka – naglas je razmišljao tata. – Jako je dobra sa životinjama...

Zoeino se lice na trenutak ozarilo.

– Pa ti nisi normalan! – zarežala je maćeha. – Kakav crni hrčak! Nemaš ni poso' kojim bi ga mogo platit', propalico jedna beskorisna!

– Kad nema slobodnih radnih mjesta – zavapio je tata.

– Ima, ali ti si previše lijen da ih nađeš, zgubidane nesposobni.

– Nekako ću se već snaći, za Zoe. Volim svoju curicu najviše na svijetu. Možda se može uštedjeti malo od socijalne pomoći...

– Ta je tvoja crkavica jedva dovoljna za čips od škampa, a kamoli da još hrani i onakvu zvijer.

– Mogli bismo ga hraniti ostacima – pobunio se tata.

– Neću još jednu od tih odurnih štetočina u svom stanu! – rekla je žena.

– Nije to nikakva odurna štetočina. To je hrčak!

– Hrčci nisu ništa bolji od štakora! – nastavila je Sheila. – Još su i gori! Ja po cijele dane crnčim, derem koljena ribajući podove kako bi stan bio čist ko suza.

To nije istina, pomislila je Zoe. *Stan je totalni svinjac!*

– A onda dođe onaj gadni, smrdljivi glodavac i posvuda obavlja svoja prljava posla! – nastavila je Sheila.

– A kad smo već na toj temi i ti bi mogo' malo bolje gađat školjku!

– Žao mi je.

– Šta ti je u zadnje vrijeme? Ko da si na kraj svog šlauha natako' prskalicu!

– Tiše malo, ženo božja!

Djevojčica je još jednom na najgori mogući način doznala da prisluškivanje roditelja zna biti jako opasna igra. Na kraju uvijek zažališ kad čuješ nešto što nisi željela čuti. Usto, Puslica *nije* obavljao svoja "prljava posla" po stanu. Zoe je uvijek jako pazila da poslije Pusličinih tajnih obilazaka sobe toaletnim papirom pokupi svako zalutalo govance i baci ga u zahod.

– Onda ću odnijeti kavez u zalagaonicu – rekao je tata. – Možda za njega iskamčim nekoliko funti...

– Ja ću ga odnijeti u zalagaonicu – ratoborno ga je prekinula supruga. – Ti bi ionako spiskao te pare u birtiji.

– Ali...

– A sada baci tu gadariju u kantu za smeće.

– Obećao sam Zoe da ću ga pokopati u parku. Jako je voljela Puslicu. Naučila ga je svakakvim trikovima.

– Ma daj, bili su očajni. OČAJNI! Hip-hop hrčak? Gomila gluposti!

– Nisi poštena!

– Večeras te ne puštam iz kuće, jasno? Ne vjerujem ti. Opet ćeš zbrisati u birtiju.

– Već je zatvorena.

– Poznajući tebe, vjerojatno ćeš sjedit' pred ulazom dok se ujutro opet ne otvori... Ajd' više, ubaci to vamo'!

Zoe je začula udarac maćehine debele noge po pedali kante za smeće i otvaranje poklopca, a zatim je uslijedio jedva čujan, tupi zvuk.

Dok su joj se suze slijevale niz lice, Zoe se bacila na krevet i pokrila se poplunom preko glave. Okrenula

se na desnu stranu. U polumraku je, kao i svake noći, zurila u kavez.

Srce joj se paralo dok ga je gledala praznog. Djevojčica je zatvorila oči, ali san nikako nije dolazio. Duša ju je boljela, u glavi joj se vrtjelo. Bila je žalosna, bila je bijesna, bila je tužna, bila je ljuta, bila je tužna. Okrenula se na lijevi bok. Možda će biti lakše zaspati zureći u sivi zid nego u prazan kavez. Ponovno je zatvorila oči, ali nije mogla prestati razmišljati o Puslici.

Jedva da se uopće i moglo razmišljati od silne buke koja je dopirala iz susjednog stana. Zoe nije imala pojma tko u njemu stanuje – ljudi u neboderu baš i nisu bili bliski sa susjedima – ali iz njega je gotovo svake večeri dopirala dernjava. Zvučalo je kao da neki čovjek urla na kćer, koja bi zatim često plakala. Zoe se sažalila nad njom, tko god ona bila. Koliko god da se Zoe činilo da joj je život loš, život te djevojčice činio joj se još gorim.

Ali Zoe je uspjela zaboraviti na dreku i ubrzo zaspala, sanjajući o Puslici koji pleše *breakdance* na nebu…

5

Kakica

Sutradan ujutro Zoe se odvukla u školu s još manje oduševljenja nego inače. Puslica je bio mrtav, a s njime su umrli i svi njezini snovi. Dok je Zoe izlazila iz kvarta, Tina joj je, kao i svakog jutra, hračnula na glavu. Dok je s kovrčave kose brisala hračak stranicom koju je istrgnula iz školske bilježnice, Zoe je vidjela tatu kako čuči pred malenim trokutićem travnate površine.

Činilo se da kopa rukama.

Brzo je okrenuo glavu, kao da ga je zatekla. – Oh, zdravo, mila...

– Što to radiš? – upitala je Zoe. Nagnula se nad njega da vidi čime se to bavi i vidjela zavežljajčić s Pusličinim tijelom na travi pokraj malene hrpe iskopane zemlje.

– Nemoj reći mami...

– Maćehi!

– Nemoj reći maćehi, ali izvadio sam mališana iz kante...

– Dragi tata!

– Sheila još spava, hrče kao top. Mislim da me nije čula. Puslica ti je toliko značio pa sam mu htio prirediti, kako da kažem, pošten pogreb.

Zoe se na trenutak osmjehnula, ali istodobno se i zatekla u suzama.

– Joj, tatice, puno ti hvala...

– Ali njoj ni riječi o ovome, inače će mi zavrnuti vratom.

– Razumije se.

Zoe je kleknula pokraj njega, uzela paketić i položila Puslicu u maleni grob koji je tata iskopao.

– Čak sam ponio i nadgrobni spomenik. Jedan od starih štapića za sladoled iz tvornice.

Zoe je iz džepa izvadila sažvakanu kemijsku i na štapić nažvrljala "Puslica", ali nije bilo dovoljno mjesta za "a" pa je pisalo samo:

PUSLIC

Tata je zatrpao rupu pa su se odmakli i zagledali u maleni grob.

– Hvala ti tatice, najbolji si na svijetu...

Na to se i tata rasplakao.

– Što je bilo? – upitala je Zoe.

– Nisam ja najbolji. Žao mi je, Zoe. Ali jednoga ću dana naći posao, znam da hoću...

– Tata, posao nije važan. Važno je samo da budeš sretan.

– Ne želim da me gledaš ovakvog...

Tata se okrenuo da ode. Zoe ga je povukla za ruku, ali istrgnuo se iz njezina stiska i nastavio grabiti prema neboderu.

– Dođi po mene pred školu, tata. Mogli bismo skupa u park pa me možeš malo nositi na ramenima. To sam nekada jako voljela. I posve je besplatno.

– Žao mi je, tada ću biti u pivnici. Lijepo se provedi u školi – doviknuo joj je ne osvrnuvši se. Od kćeri je, kao i uvijek, skrivao tugu.

Zoe je osjetila kako joj želudac vrišti od gladi. Sinoć nije bilo večere jer je Sheila spiskala sav novac na cigarete, a u kući nije bilo ni mrvice hrane. Zoe već jako dugo ništa nije stavila u usta. Zato se zaustavila pred Rajovom trafikom.

Svi su klinici iz škole navraćali u njegovu trafiku prije ili poslije nastave. Budući da Zoe nikada nije dobivala džeparac, ušla bi u dućan i čeznutljivo gledala slatkiše. Budući da je bio jako meka srca, Raj bi se često sažalio nad njom i dao joj pokoji besplatno. Bili su to, dakako, samo oni kojima je istekao rok trajanja ili su počeli pljesniviti, ali bila mu je svejedno jako zahvalna. Ponekad bi joj dopustio da malo pocucla bombon a zatim ga brzo ispljune da bi ga Raj mogao vratiti u vrećicu i prodati drugom kupcu.

Jutros je Zoe mučila lavovska glad pa se nadala kako će joj Raj pomoći da je utaži...

DINNG, oglasilo se zvono kad je otvorila vrata.

– Ohoo! Gospođica Zoe. Moja najdraža mušterija. – Raj je bio krupan čovjek, veseljak kojemu osmijeh nikada nije silazio s lica, tako da bi se valjda smješkao čak i kada bi mu javili da je u dućanu buknuo požar.

– Zdravo, Raj – bojažljivo ga je pozdravila Zoe. – Bojim se da ni danas nemam novca.

– Zar ni prebite pare?

– Ništa. Žao mi je.

– Joj meni. Ali izgledaš mi jako gladna. Jesi li možda za jedan brzi griz čokolade?

Uzeo je jednu čokoladnu pločicu i odmotao je.

– Samo, molim te, pokušaj grickati oko ruba. Tako je mogu vratiti u omot i prodati. Iduća mušterija ništa neće primijetiti.

Zoe se halapljivo bacila na čokoladu, grickajući rubove prednjim zubima poput nekog malog glodavca.

– Danas si mi nešto tužna, djevojčice – rekao je Raj. Uvijek bi osjetio kad nešto nije bilo kako treba, a znao je i pokazati više suosjećanja od mnogih roditelja i nastavnika. – Jesi li plakala?

Zoe je na trenutak podigla pogled s čokolade koju je grickala. Oči su je još pekle od suza.

– Sve je u redu, Raj. Samo sam gladna.

– Ne, gospođice Zoe, vidim ja da nešto nije u redu. – Naslonio se na pult i ohrabrujuće joj se nasmiješio.

Zoe je duboko udahnula. – Uginuo mi je hrčak.

– Jao, gospođice Zoe, strašno mi je žao.

– Hvala.

– Siroto dijete. Prije nekoliko godina imao sam ljubimca, punoglavca, koji je također uginuo pa znam kako se osjećaš.

Zoe je ostala zatečena. – Ljubimca punoglavca? Još nikada nije čula za takvog kućnog ljubimca.

– Tako je. Zvao sam ga Papadum. Jedne sam ga noći ostavio da pliva u svom malom akvariju, a kada sam se probudio, u njemu sam zatekao nekakvu zločestu žabetinu. Sigurno je smazala Papaduma.

Zoe nije mogla vjerovati vlastitim ušima.

– Raj...

– Molim...? – Trgovac rukavom pulovera otre suzu s obraza. – Oprosti, uvijek se jako rastužim kad pričam o Papadumu.

– Raj, punoglavci se pretvore u žabu, znate?

– Ne pričaj gluposti, dijete!

– Istina je. Taj je žabac *bio* Papadum.

– Kažeš to samo da bi me utješila, ali dobro znam da ne govoriš istinu.

Zoe je zakolutala očima.

– A sada mi lijepo ispričaj o svojemu hrčku...

– On je, odnosno, *bio je*, jedinstven hrčak na svijetu. Učila sam ga plesati *breakdance*.

– Mrak! Kako se zvao?

– Puslica – žalosno je odvratila Zoe. – San mi je bio da se jednoga dana pojavi na televiziji...

Raj se na trenutak zamislio, a zatim se zagledao Zoe ravno u oči. – Od snova se nikada ne smije odustati, mlada damo...

– Ali Puslica je mrtav...

– Ali tvoj san ne mora umrijeti s njim. Snovi nikada ne umiru. Ako znaš izdresirati hrčka da pleše *breakdance*, gospođice Zoe, pomisli samo što bi sve mogla napraviti...

– Možda imate pravo...

Raj je pogledao na sat. – Koliko god bih to volio, ipak ne možemo samo stajati i brbljati cijeli dan.

– Zašto ne? – Zoe je jako voljela Raja, premda nije imao pojma da se punoglavci pretvaraju u žabe i nikada nije izlazio iz svog neurednog dućančića.

– Bolje da požuriš u školu, mlada damo. Pazi da ne zakasniš...

– Valjda imate pravo – promrmljala je Zoe sebi u bradu. Ponekad se pitala zašto, poput tolikih školskih kolega, jednostavno ne markira.

Raj je ispružio svoje goleme dlanove. – A sada, gospođice Zoe, molim da mi vratiš čokoladu da je vratim na policu...

Zoe se zagledala u vlastite dlanove. Nestala je. Bila je toliko gladna da je požderala sve do posljednje mrvice, osim jednog sićušnog kvadratića u sredini.

– Užasno mi je žao, Raj. Nisam namjerno. Časna riječ!

– Znam, znam – odvratila je ta dobričina. – Samo je vrati u omot. Prodat ću je kao specijalnu dijetnu čokoladu nekom debeljku kao što sam ja!

– Izvrsna zamisao! – rekla je djevojčica.

Zoe je pošla prema vratima, ali se zatim okrenula prema trgovcu.

– Usput, puno vam hvala. I to ne samo na čokoladi, nego i na savjetu...

– Oboje su za tebe besplatni, gospođice Zoe. A sada bolje požuri... – Zoe su se Rajeve riječi tijekom cijele nastave motale po glavi, ali kad se vratila kući u stan, osjetila je onu istu prazninu. Puslice više nije bilo. Otišao je. Zauvijek.

Prolazili su dani, potom tjedni, onda i mjeseci. Nije mogla zaboraviti Puslicu. Bio je tako jedinstven mali hrčak. I donio joj je toliko radosti u svijetu punom suza. Od njegove smrti, Zoe se osjećala kao da se probija kroz oluju. Jako polako, dok su dani i tjedni odmicali, taj je pljusak pomalo jenjavao. Sunce se, međutim, još nije probilo kroz oblake.

Sve do jedne večeri kada se, nekoliko mjeseci poslije, dogodilo nešto posve neočekivano.

Zoe je ležala u krevetu nakon još jednog nepodnošljivog školskog dana koji su joj zagorčali nasilnici, a pogotovo strah i trepet škole po imenu Tina Trotts. Iz susjednog je stana, po običaju, dopirala dernjava. Zatim se, u jednom kratkom zatišju, usred noći začuo neki sićušan zvuk. Isprva je bio toliko tih da se jedva čuo. Zatim je postao glasniji. Potom još glasniji.

Bilo je to nekakvo grickanje.

Sanjam li? pomislila je Zoe. *Zar je to jedan od onih čudnovatih snova kad se čovjeku priviđa da leži budan u krevetu?*

Otvorila je oči. Ne, to nije bio san.

Nešto sićušno šuljalo se njezinom sobom.

U jednom je sumanutom trenutku Zoe pomislila da je možda riječ o Pusličinu duhu. Nedavno je u svojoj sobi pronašla dvije kuglice koje su podsjećale na hrčkovu kakicu. *Ne, ne budi luda*, rekla je sama sebi. *To su sigurno nekakve šašavo oblikovane grudice prašine, ništa više.*

Isprva je vidjela samo sićušan, sjenovit obris u kutu pokraj vrata. Na prstima se iskrala iz kreveta da ga pobliže pogleda. Prašnjavi je parket tiho zaškripao pod njezinim nogama.

Sićušna se životinja osvrnula.

Bio je to štakor.

6

Šta? Šta? Šta? Štakor!

Kad pomisliš na riječ štakor, što ti prvo padne na pamet?

Štakor... štetočina?

Štakor... kanalizacija?

Štakor... boleština?

Štakor... ugriz?

Štakor... kuga?

Štakor... deratizacija?

Štakor... šta?

Štakori su najomraženija živa bića na svijetu.

Mačići

Štenci

Zečići

Hrčci

Gerbili

Zamorci

Bebe slonovi

Koale

Praščići

Pingvini

Leptiri

Puževi

Pauci

Koprive

Ose

Gliste

Meduze

Prdci

TV voditelji

Štakori

Što biste, međutim, pomislili da vam kažem kako je te noći u svojoj sobi Zoe zatekla *bebu* štakora?

Da, bila je to najmedenija, najslađa, najmanja beba štakor koju možeš zamisliti i šćućurila se u kutu njezine sobe grickajući jednu od njezinih prljavih, poderanih čarapa. S tim svojim ružičastim nosićem, čupavim ušima i golemim, dubokim okicama punim nade, taj je štakorčić mogao osvojiti prvu nagradu u natjecanju ljepote za *mistera* gamadi. Sada je bilo jasno odakle ta misteriozna kakica koju je Zoe nedavno pronašla u svojoj sobi: to su zasigurno bila njegova govanca.

A čija bi bila? Moja sigurno nisu.

Zoe je oduvijek bila uvjerena kako bi umrla od straha da vidi štakora. Njezina je maćeha u kuhinji držala otrov za štakore, jer se stalno govorkalo o najezdi te gamadi u trošnim stambenim blokovima.

Ovaj štakor, međutim, uopće nije bio strašan. Štoviše, činilo se da štakor umire od straha pred Zoe. Kad je parket pod njezinim nogama zaškripio, šmugnuo je duž zida i sakrio se pod krevet.

– Nemoj se bojati, maleni – šapnula mu je Zoe. Polako je gurnula ruku pod krevet i pokušala pogladiti štakora. Isprva je sav zadrhtao od straha, a dlaka mu se nakostriješila.

– Mir, mir, sve je u redu – tješila ga je Zoe.

Malo pomalo, štakor se probio kroz labirint prašine i prljavštine ispod Zoeina škripavog krevetića i prišao njezinoj ruci. Ponjušio joj je prste a zatim liznuo jedan pa drugi. Sheila je bila previše lijena da bi kuhala, a Zoe je bila toliko izgladnjela da je za večeru ukrala vrećicu maćehinog omraženog čipsa od škampa. Štakor ga je zasigurno nanjušio na njezinim prstima, a usprkos Zoeinom dubokom gnušanju od tog proizvoda, koji ni sa škampima ni s čipsom nije imao ništa zajedničko, štakor se nije bunio.

Zoe se tiho zahihotala. Grickanje ju je škakljalo. Podigla je ruku da pogladi štakora, a on se provukao ispod nje i klisnuo u udaljeni kut sobe.

– Mir, mir, slobodno priđi. Samo te želim podragati – molila ga je Zoe.

Štakor je bojažljivo škicnuo i odmjerio je, a zatim oprezno, šapu po šapu, polako prišao njezinoj ruci. Pomilovala mu je krzno malim prstom, najnježnije što je mogla. Dlaka mu je bila mnogo mekša negoli je zamišljala. Nije bila meka kao Pusličina, ništa na svijetu nije bilo toliko meko. Ipak, bila je iznenađujuće meka.

Zoe je polako, jedan po jedan, spustila prste i pomilovala štakora po tjemenu. Dopustila je prstima da kliznu niz njegov vrat i leđa. Štakor je izvio leđa da ih priljubi uz njezin dlan.

Vjerojatno ni od koga u životu nije dobio toliko nježnosti. A ponajmanje od ljudskog bića. Osim što je na svijetu bilo dovoljno otrova da svakog tog glodavca ubije i deset puta zaredom, ljudi bi, čim vide štakora, vrisnuli ili dohvatili metlu da ga njome zveknu po glavi.

Gledajući, međutim, ovog mališana, Zoe nikako nije bilo jasno zašto bi mu itko želio nauditi.

Uto se štakorčićeve uši iznenada podignu, a Zoe se brzo osvrne. Otvorila su se vrata spavaće sobe njezinih roditelja i začuli su se koraci njezine maćehe koja je tutnjala hodnikom stenjući pri svakom koraku. Zoe je brzo podigla štakora, obujmila ga dlanovima i uskočila natrag u krevet. Sheila bi poludjela da sazna kako joj pokćerka u krevetu mazi glodavca. Zoe je povukla poplun zubima i sakrila glavu pod njega. Čekala je i osluškivala. Vrata kupaonice škripeći su se otvorila i zatvorila, a Zoe je zatim čula prigušen udarac kad je njezina maćeha punom težinom spustila stražnjicu na napuklu zahodsku dasku.

Zoe je uzdahnula i rastvorila dlanove. Štakorska beba bila je spašena. Za sada. Dopustila je malome glodavcu da joj se uspentra uz ruku na gornji dio poderane pidžame.

"Pusa pusa pusa pusa." Poslala mu je nekoliko poljubaca baš kao što je to nekoć činila s Puslicom. A štakor se, baš kao što je to nekoć činio Puslica, približio njezinu licu.

Zoe mu je dala malenu pusu u nos. Napravila je udubinu u jastuku pokraj svoje glave i nježno u nju položila štakorčića. Odgovarala mu je kao salivena pa je uskoro pokraj sebe začula blago, tiho hrkanje.

Ako nikada niste čuli štakora kako hrče, to zvuči otprilike ovako:

HRRR-PIIIIIIIIII, piiiiiiiii, hrrrrr-piiiiiiiiiiiiiii, hrrr-piiiiiiiiii

– A sada moram prokljuviti kako da te zadržim, a da to nitko ne otkrije – šapnula je Zoe.

7

Šverc životinja

Nije lako prokrijumčariti štakora u školu.

U školu je, dakako, najteže prokrijumčariti plavetnog kita. Jednostavno je prevelik i premokar.

Nilskog je konja također teško neopazice prošvercati, kao i žirafu. Prvi je predebeo, druga previsoka.

Lavovi nisu pogodni za šverc. Rika privlači previše pozornosti.

Tuljani su preglasni. Morževi također.

Tvorovi strašno smrde – gore čak i od nekih profesora.

Klokani neprestano hopšu.

Kukuvija drijemavica ima previše šašavo ime.

Pod slonovima se lome stolice.

Na noju ćeš brzo stići do škole, ali prevelik je da ga sakriješ u torbu.

Polarni medvjedi gotovo su nevidljivi na arktičkom ledu, ali jako su uočljivi kad stanu u red za klopu u školskoj kantini.

Pokušaj krijumčarenja morskoga psa u školu kažnjiv je izbacivanjem iz škole, pogotovo ako je toga dana na rasporedu sat plivanja. Skloni su proždiranju učenika.

Orangutani su također zabranjeno voće. Ometaju nastavu.

Gorile su još gore, pogotovo na matematici. Jako se slabo snalaze s brojkama i mrze računske operacije, premda su iznenađujuće dobri u francuskom.

Krdo afričkih gnuova gotovo je nemoguće dotjerati u školu a da to nastavnici ne primijete.

S druge, pak, strane, krijumčarenje ušiju pravi je mačji kašalj. Neki klinci svakoga dana u školu prokrijumčare na tisuće ušiju.

Kako bilo, štakor je ipak životinja koju je teško prošvercati. Na ljestvici životinja koje je teško prokrijumčariti u školu nalazi se negdje između plavetnoga kita i ušiju.

Najveći je problem bio taj što Zoe nikako nije mogla ostaviti mališana kod kuće. Pusličinog starog, islužđenog kaveza odavna nije bilo jer ga je maćeha odnijela u zalagaonicu. Ta ga je grozomorna ženska zamijenila za šaku novčića koje je smjesta potratila na golemu kutiju čipsa od škampa. U njoj je bilo trideset šest vrećica koje je, sve do jedne, slistila prije doručka.

Kada bi štakora ostavila da trčkara po stanu, Zoe je dobro znala da bi ga Sheila otrovala ili zgazila. Njezina maćeha nije tajila koliko mrzi glodavce. A čak i kad bi Zoe sakrila štakora u ladicu svojeg ormara ili u kutiju ispod kreveta, postojala je velika šansa da ga Sheila pronađe. Zoe je dobro znala da joj maćeha svakoga dana prekapa po stvarima čim ode u školu. Sheila je vječno u potrazi za stvarima koje može prodati ili trampiti za pokoju cigaretu ili vrećicu čipsa od škampa.

Jednoga su dana tako nestale sve Zoeine igračke, a drugoga sve njezine najdraže knjige. Bilo je jednostavno odviše opasno ostaviti štakora nasamo s tom ženturačom.

Zoe je razmišljala o tome da štakora stavi u školsku torbu, ali bila je tako siromašna da je sve školske knjige morala vući u staroj najlonskoj vrećici oblijepljenoj bezbrojnim zakrpama od selotejpa. Opasnost da će si mali glodavac progristi put na slobodu bila je prevelika. Stoga ga je Zoe sakrila u unutarnji džep dva broja prevelikog školskog blejzera. Naravno, stalno je osjećala kako se migolji, ali barem je znala da je na sigurnom.

Kada je Zoe izišla iz veže svojega nebodera i zakoračila na betonski trg među zgradama, začula je kako je odozgo netko doziva.

– Zoe!

Pogledala je uvis.

Kardinalna pogreška.

Golemi hračak hračke bio joj je hračnut ravno u facu. Zoe je vidjela kako Tina Trotts viri preko ograde balkona nekoliko katova iznad nje.

– HA HA HA! – rugala joj se Tina odozgo.

Zoe je odlučila da neće plakati. Samo je obrisala lice rukavom i okrenula se na drugu stranu dok joj je Tinin smijeh još odjekivao za leđima. Vjerojatno bi usprkos tome zaplakala da nije osjetila kako joj se štakorčić migolji u džepu pa se smjesta razvedrila.

Ponovno imam malenog ljubimca, pomislila je. *Možda je samo štakor, ali to je tek početak...*

Možda je Raj bio u pravu: njezin san o dresuri životinja koje će zabavljati naciju možda ipak nije izgubljen.

Kada je Zoe stigla u školu, još je nalazila utjehu u štakorovoj blizini. Bila je to Zoeina prva godina u velikoj školi i još se ni sa kim nije sprijateljila. Većina djece bila je siromašna, ali Zoe je bila najsiromašnija. Bilo ju je jako sram što u školu dolazi odjevena u neopranu odjeću iz Karitasa. Ta joj je odjeća bila nekoliko brojeva prevelika ili premala, a većinom i poderana. S lijeve cipele gumeni potplat zamalo je otpao pa bi pri svakom koraku šljapkao udarajući o tlo.

Kad god bi hodala, iz cipela bi odjekivalo: ŠLJIP ŠLJAP ŠLJIP ŠLJAP ŠLJIP ŠLJAP. A kad bi potrčala, čulo bi se: ŠLJAPITI ŠLJIP ŠLJAPITI ŠLJIP ŠLJAPITI ŠLJIP.

Na školskoj skupštini, nakon što je najavljena velika učenička predstava na kraju polugodišta, za govornicu je stao bljedunjavi ravnatelj, gospodin Smrtić. Stao je nasred podija i netremice se zagledao u nekoliko stotina učenika koji su se okupili u predvorju škole. Sva su ga se djeca pribojavala. Zbog buljavih očiju i blijede kože, u nižim se razredima poput šumskog požara proširila glasina da je vampir.

Gospodin Smrtić strogo je ukorio "zabludjele đake" koji, protivno pravilima, u školu krijumčare mobitele. To se odnosilo na gotovo sve učenike, premda je Zoe bila presiromašna da čak i sanja o vlastitom mobitelu.

Ma super, pomislila je Zoe. *Nisam dovoljno dobra ni za ukor.*

– Ne moram niti napominjati da ovdje ne govorim samo o mobitelima! – zagrmio je gospodin Smrtić, kao da joj čita misli. Glas mu se za velikog odmora znao prolomiti krcatim školskim igralištem i natjerati svako dijete da se u trenu ukipi i utihne. – *Sve* što pišti ili vibrira strogo je zabranjeno! Jeste li me dobro čuli? – ponovno je zagrmio. – Zabranjeno! To je sve. Otpust!

Oglasilo se zvono pa su se klinci odvukli u svoje razrede. Zoe je ostala sjediti na neudobnoj, maloj, sivoj plastičnoj stolici u sada već posve ispražnjenom redu na samom kraju dvorane i uznemireno se pitala uključuje li opis gospodina

Smrtića i njezinog štakora. Vibrirao je, to se nije moglo poreći. A ponekad bi i pištao. Ili barem cičao.

– Danas budi tih kao bubica, štakorčiću – rekla mu je.

Štakor je zacičao.

O, ne! pomislila je Zoe.

8

Sendvič od kruha

Kako bi izbjegla laktarenje na vratima, Zoe je pričekala nekoliko trenutaka prije polaska na prvi sat. Matematika, koju je oduvijek držala katastrofalno dosadnim predmetom, za divno je čudo prošla bez incidenata. Isto je bilo i sa satom geografije, tijekom kojeg se pitala kako će joj novostečeno znanje o riječnim jezerima koristiti jednom kad odraste. Zoe bi tijekom sata povremeno kradomice virnula u unutarnji džep blejzera i vidjela da je štakorčić zaspao. Sigurno se jako udobno smjestio.

Za vrijeme odmora, Zoe se zaključala u ženski zahod i nahranila štakora kruhom koji je trebala sačuvati za ručak. Sama si je spremala školsku užinu kad god bi u kući pronašla koju mrvicu hrane. Jutros je, međutim, hladnjak zjapio posve prazan, izuzev nekoliko limenki jako snažnoga piva pa si je od nekoliko preostalih, ustajalih šnita napravila sendvič od kruha...

Recept je posve jednostavan:

SENDVIČ OD KRUHA

Sastojci: *tri šnite kruha.*

Priprema: uzmite jednu šnitu kruha i stavite je između preostale dvije šnite.

I to je to.

Štakor je, posve očekivano, volio kruh. Štakori vole jesti gotovo sve što i mi.

Zoe je sjedila na zahodskoj dasci a štakor joj je sjedio na lijevoj ruci dok ga je hranila desnom. Progutao je sve do posljednje mrvice.

– Samo ti papaj, mali moj…

U tom je trenutku Zoe shvatila da svojem sićušnom prijatelju još nije nadjenula ime. Budući da mu nije željela dati ime koje može biti i muško i žensko, kao što je "Vanja", "Saša" ili "Matija", najprije je morala doznati je li riječ o dečku ili o curici. Stoga je Zoe podigla štakora da ga pobliže prouči. Baš kada se odlučila upustiti u temeljitije proučavanje, ispod štakorova je trbuščića suknuo tanak mlaz žućkaste tekućine koji ju je za dlaku promašio i ukrasio zid iza nje.

Djevojčica je dobila odgovor koji je tražila. Bila je uvjerena da je piškica štrcnula iz male cjevčice, premda nije mogla ponovno pogledati jer joj se štakorčić počeo migoljiti u rukama.

Ali bila je sigurna da je dečko.

Zoe se ogledala tražeći nadahnuće. Na vratima zahoda starije su cure urezale proste rečenice.

"Destiny je totalna @**$$$$&!%^!%!!!!" Pročitala je Zoe, a mislim da se svi možemo složiti da je to zbilja nepristojno, čak i ako je istinito.

Destiny je jako glupo ime za štakora. Pogotovo za muškog štakora, pomislila je djevojčica. Zoe je nastavila čitati imena na vratima u potrazi za inspiracijom.

Rochelle… ne.

Darius… ne.

Busta… ne.

Tupac… ne.

Jammaall… ne.

Snoop… ne.

Meredith… ne.

Kylie… ne.

Beyonce… ne.

Tyrone… ne.

Chantelle… ne.

Premda su sva bila išarana riječima (i prostim crtežima), zahodska vrata nisu je nadahnula kao što se nadala. Ustala je s daske i okrenula se da pusti vodu kako ne bi bila sumnjiva djevojci koju je čula u susjednom zahodu. U tom je trenutku, među skorenom prljavštinom unutar zahodske školjke, ugledala ime ispisano snobovskim rukopisom.

– Armitage Shanks – pročitala je naglas. Bilo je to ime proizvođača zahodskih školjki, ali štakorčić je na njega trznuo ušima, kao da ga prepoznaje.

– Armitage! To je to! – kliknula je. Bilo je to ime iz visokog društva koje je posve odgovaralo njezinom jedinstvenom, malenom prijatelju.

Odjednom se na vratima zahoda začulo glasno lupanje.

BUUM

BUUM

BUUM.

Bljakburger

– Šta to skrivaš unutra, ti mala posranko? – začuo se promukao glas s druge strane vrata.

O, ne! pomislila je Zoe. *To je Tina Trotts.* Današnji hračak još se nije posve osušio na Zoeinu pjegavom lišcu.

Tina je napunila tek četrnaest godina, ali bila je građena kao kamiondžija. Imala je šaketine za boksanje, nožurine za šutiranje, glavurdu za lupanje, guzičetinu za gnječenje.

Čak je i profesorima tjerala strah u kosti. Iza zahodskih vrata, Zoe se tresla kao šiba na vodi.

– Nema nikoga – rekla je Zoe.

Zašto sam to rekla? smjesta je pomislila. Samim tim što je rekla da unutra nema nikoga, objavila je da unutra definitivno, sto posto, bez ikakve sumnje, nekoga ima.

Zoe je prijetila strašna pogibelj, ali samo ako otvori vrata. Za sada je bila sigurna u...

– Izlazi iz kenjare prije nego razvalim vrata! – zaprijetila je Tina.

A joj.

9

Pola para cipela

Zoe je brže-bolje ugurala Armitagea natrag u džep blejzera.

– Samo sam se došla popiškiti! – rekla je Zoe. Zatim je, napučivši usta i snažno puhnuvši, ispustila bijedan, nemušt zvuk za koji se nadala da će zvučati kao mlaz koji oblijeva školjku. Ali na kraju je zvučao kao siktanje neke zmijurine.

– Pšššššššššššššššššššššššiiiiiiiiii iiiššššššššš..............

Zoe se, dakako, nadala da će time uvjeriti Tinu Trotts kako je sjela na zahod iz posve opravdanih razloga, a ne zato da bi sendvičem od kruha nahranila dugorepog glodavca.

Zoe je potom duboko udahnula i otvorila vrata zahoda. Tina je s visine pogledala Zoe, a sa svake joj je strane stajala po jedna pobočnica iz bande.

– Bok, Tina – rekla je Zoe glasom koji je bio za nekoliko oktava viši od uobičajenog. Pokušavajući zvučati nedužno, zvučala je kao najsumnjivija osoba na svijetu.

– A, to si ti! S kim si to razgovarala, željeznozuba? – upitala je Tina, koja se sada već navirivala u zahod.

– Sama sa sobom – odgovorila je Zoe. – Znaš, često razgovaram sama sa sobom dok obavljam malu nuždu...

– Obavljaš malo što?!

– Ovaaj... dok piškim, znaš? Oprosti, molim te, jako se žurim na sat povijesti... – S tim se riječima mala riđokosa djevojčica pokušala provući između Tine i njezinih štemerica.

– Ček' malo, kud jurcaš? – rekla je Tina. – Ovom pišaonicom vladamo ja i moja banda, jasno? Tu prodajemo ukradenu robu. Znači, ak nećeš kupit' tenisicu koju smo maznule, da te tu više nisam vidila!

– Misliš, par tenisica? – upitala je Zoe.

– Ne. Tenisicu, kao što sam rekla. U dućanu na policu stave samo jednu cipelu pa je sto puta lakše maznuti jednu nego dvije.

– Ahaaa – promrmljala je Zoe, pitajući se zašto bi itko s dvije zdrave noge kupio samo jednu cipelu.

– Dobro me slušaj, mrkvokosa – nastavila je nasilnica. – Neću te više vidit' u našoj pišaonici. Jel' jasno? Tjeraš nam mušterije kad brbljaš sama sa sobom ko neka luđakinja...

– Jasno mi je – promumljala je Zoe. – Oprosti, Tina, jako mi je žao.

– A sad, lovu na sunce – zapovjedila joj je Tina.

– Nemam ništa – odgovorila je Zoe. Nije lagala. Tata joj je tada već godinama živio od socijalne pomoći pa joj nije davao džeparac. Na putu do škole uvijek bi gledala u pločnik tražeći novčiće. Jednog sretnog dana u šahtu je pronašla novčanicu od pet funti! Bila je mokra, bila je prljava, ali bila je njezina. Skakućući od sreće, na putu kući zaustavila se u Rajevoj trafici i kupila cijelu kutiju čokolade da je podijeli s obitelji. Nažalost, prije negoli je Zoein tata stigao kući, njezina je maćeha slistila i posljednju mrvicu, uključujući one gadne praline s likerom od višnje, nakon čega je požderala i kutiju.

– Nemaš love? Ma koga muljaš? – zapljuvala ju je Tina. Zapljuvavanje je slično pljuvanju, ali izvodi se tijekom razgovora, tako da sugovornik ostane sav mokar od sline.

– Kako to misliš? – rekla je Zoe. – Obje smo iz iste zgrade. Dobro znaš da nemam ni pare.

Tina prezrivo frkne nosom. – Kladim se da dobivaš džeparac. Uvijek hodaš kvartom ko' da si glavna faca. Cure – zgrabite je.

Smjesta je poslušavši kao roboti, huliganke su opkolile našu malu junakinju. Dvije pobočnice čvrsto su je ščepale za ruke.

– Aaauuu! – vrisnula je Zoe od boli. Nokti su joj se urezali u nejake ruke, a Tinine goleme, prljave šake počele su joj prekapati po džepovima.

Zoeino je srce počelo divlje bubnjati. Štakor Armitage mirno je spavao u unutarnjem džepu njezina blejzera. Tinini debeli prsti posvuda su se zavlačili, gurkali je i bockali. Za nekoliko sekundi nabasat će na malog glodavca, a Zoein školski život zauvijek će se promijeniti.

Donijeti štakora u školu nije nešto što se ikada zaboravlja, a kamoli oprašta.

Jednom je neki dečko iz viših razreda na školskom izletu u tehnički muzej putnicima u autobusu pokazao golu guzicu i otada ga svi, čak i profesori, zovu "dlakavo dupence".

Vrijeme se isprva usporilo, a zatim naglo ubrzalo kad je potraga za džeparcem Tinu neizbježno dovela do Zoeina unutarnjeg džepa. Prsti su joj sunuli unutra i tresnuli sirotog, malog Armitagea ravno u nos.

– Ša' je to? – upitala je Tina. – Maloj pjegavoj nešto živi u džepu.

Armitageu se, očigledno, nije svidjelo što ga veliki, prljavi prst bocka u nos, jer ga je ugrizao.

– Aaaaaaaaaaaaaaaaaaaau-uugggggggrrrrrrhhhhhhhh g g g g g g g g g r r r r r r r r r r rr!!!!!!!!!!!!!!!!!!!!!!!!! – završtala je Tina.

Ruka joj je izletjela iz Zoeina džepa, ali Armitage je izletio zajedno s njom, viseći joj s prsta za koji se čvrsto držao oštrim zubićima.

– JAAAAAAAOOOOOO UUUUUUUUUUUJUJUJUJUJU IJOOOOJOOOOJOOOOOJ JAAAAUUUUHHH!!!!!!!!!!!!!!!! – cvililа je nasilnica. – To je štakor!

10

Kepec

– To je samo beba štakor – objasnila je Zoe, pokušavajući smiriti Tinu. Uplašila se da bi mogla tresnuti Armitageom o zid i povrijediti ga.

Tina je počela mahnito tresti rukom, jurcajući ženskim zahodom u totalnoj panici. Beba štakor, međutim, nije popuštala ugriz. Njezina je banda stajala kao skamenjena dok su im sićušni mozgovi tražili odgovarajuću reakciju na situaciju u kojoj štakor nekome grize prst.

Ništa im, naravno, nije padalo na pamet.

– Stani i budi mirna – rekla je Zoe.

Tina je nastavila jurcati ukrug.

– Rekla sam ti da *staneš*!

Očigledno zatečena zapovjednim tonom malene, riđokose curice, Tina je stala kao ukopana.

Polako, kao da ima posla s razjarenim medvjedom, Zoe je uzela Tininu ruku u svoju. – Dođi, Armitage...

Oprezno je odvojila štakorove oštre prednje zubiće od djevojčina debelog prsta.

– Evo, čas posla – rekla je Zoe poput zubara koji je djetetu upravo stavio prilično bolnu plombu. – De, de. Sve će biti dobro. Nije bilo tako strašno.

– Taj me mali @**$$$$&!%^!%!!!! ugrizao! – uvrijeđeno je uzviknula Tina, otkrivši time da je ona autorica onog uvredljivog natpisa na zahodskim vratima. Nasilnica se zagledala u svoj prst na čijem su se vrhu pojavile dvije sićušne kapi krvi.

– Daj, Tina, pa nije gore od običnog uboda iglicom – uzvratila joj je Zoe.

Dvije pobočnice izvile su duge vratove da bolje vide a zatim kimnule glavom složivši se sa Zoe. To je Tinu strašno razljutilo, tako da joj je lice pocrvenjelo poput vulkana koji tek što nije eruptirao.

Na tren je zavladala neugodna tišina.

Sa mnom je svršeno, pomisli Zoe. *Ova će mi stvarno zavrnuti vratom.*

Uto je zvono oglasilo kraj odmora.

– Žao mi je, ali sada moramo ići – rekla je Zoe, mnogo mirnije negoli se zapravo osjećala. – Armitage i ja nipošto ne bismo željeli zakasniti na sat povijesti.

– Zašt' se tako zove? – progunđala je jedna od huliganki.

– Ovaaj, to je duga priča – odgovorila je Zoe, ne želeći im reći da ga je nazvala po zahodskoj školjci. – Možda drugi put. Vidimo se!

Tri nasilnice bile su u prevelikom šoku da bi je zaustavile. Primivši svog malenog prijatelja među dlanove, brzim je korakom izišla iz zahoda. Tek kad je prošla kroz vrata, shvatila je da uopće ne diše i da bi vjerojatno trebala početi. Zatim je nježno poljubila Armitagea u tjeme.

– Ti si moj anđeo čuvar! – šapnula mu je prije negoli ga je pažljivo vratila u unutarnji džep.

Zoe je odjednom shvatila da bi Tina i njezina banda mogli poći za njom pa je ubrzala korak. Brzi hod pretvorio se u trk, a trk u sprint pa je u tren oka već bez daha sjedila na satu povijesti, koji je držala profesorica Kepecić. Budući da je profesorica povijesti bila iznimno niska rasta, djeca su joj neizbježno prišila nadimak "profesorica Kepecić" ili jednostavno "Kepecićka".

Nastavnica je uvijek nosila kožnate čizme do koljena s visokom petom, zbog kojih je izgledala još patuljastije. Nedostatak visine je, međutim, nadoknađivala strogoćom. Njezini bi zubi dobro pristajali i krokodilu. Te je zube kezila kad god bi je neki učenik naljutio, što je bilo često. Klinci se nisu morali bogzna

koliko truditi da je naljute. Čak bi i nenamjerno kihanje bilo dovoljno za čudovišno keženje zuba te strašne, premda sitne nastavnice.

– Kasniš! – zarežala je profesorica Kepecić.

– Oprostite, profesorice Kepecić – odgovorila je Zoe bez razmišljanja.

A joj!

Među njezinim se razrednim kolegama začuo pokoji hihot, ali većina ih je prenerađeno zaustavila dah. Zoe je toliko navikla profesoricu povijesti nazivati "profesoricom Kepec" iza njezinih leđa da joj je, greškom, to ime sada rekla i u lice!

– Molim? Što si rekla? – strogo je upitala profesorica Kepecić.

– Rekla sam: "Oprostite, profesorice Kepecić" – protisnula je Zoe. Znoj koji joj je izbio od trčanja iz ženskog zahoda sada joj se slijevao iz svih pora na tijelu. Zoe je izgledala kao da ju je uhvatio gadan grmljavinski pljusak. I Armitage se počeo migoljiti, vjerojatno zato što mu je dom u džepu blejzera odjednom natopio topao znoj. Unutra mora da je bilo kao u sauni! Zoe je neprimjetno podigla ruku na prsa i nježno ih potapšala da umiri malog prijatelja.

– Još samo jedna nepodopština – rekla je profesorica Kepecić – i nećeš izletjeti samo iz razreda, nego i iz škole.

Zoe je progutala knedlu. Tek je počela pohađati veliku školu i nije bila naviknuta upadati u nevolje. U maloj školi nikada nije napravila ništa loše pa joj je sama *pomisao* na ogrješenje o pravila tjerala strah u kosti.

– A sada, vratimo se gradivu. Danas ćemo nastaviti učiti o... crnoj kugi! – najavila je profesorica Kepecić ispisujući riječi po ploči najviše što je mogla, što je zapravo značilo da je pisala po dnu.

Pisanje po ploči za profesoricu Kepecić predstavljalo je ozbiljan problem. Ponekad bi zapovjedila nekom od učenika da četveronoške klekne na pod učionice.

Zatim bi se ta patuljasta nastavnica popela djetetu na leđa kako bi mogla obrisati žvrljotine koje je za sobom na ploči ostavio prethodni nastavnik. Kako bi dosegla najviše žvrljotine, nastavnica bi jednostavno pod nogama naslagala još djece.

Crna kuga nije bila u nastavnom programu škole, ali profesorica Kepecić svejedno ju je uključila u gradivo. Legenda kaže da je jedne godine cijeli razred pao na maloj maturi zato što ga je, umjesto da predaje o kraljici Viktoriji, profesorica Kepecić cijelu godinu obasipala odurnim pojedinostima o srednjevjekovnim mučenjima kao što su mlaćenje na kotaču, rastezanje i četvorenje konjima. Profesorica Kepecić nije željela poučavati ni o čemu drugome doli najužasnijim dijelovima povijesti: odsijecanjima glave, bičevanjima, spaljivanjima na lomači. Nastavnica bi se cerila i kezila krokodilske zube na svaki spomen bilo kakve okrutnosti, nasilništva ili barbarizma.

Zapravo, toga je polugodišta profesorica Kepecić neprestano tupila o crnoj kugi. Bila je kao opsjednuta. To nimalo ne čudi ako znamo da je riječ o jednom od najmračnijih razdoblja ljudske povijesti, kada je u četrnaestom stoljeću 100 milijuna ljudi pomrlo od grozne zarazne bolesti. Žrtve su bile prekrivene divovskim gnojnim čirevima, povraćale krv i umirale. Glavni je uzročnik, kao što su doznali na prethodnom satu, bio je običan ugriz buhe.

– Čirevi veličine jabuka! Zamislite samo. Toliko povraćanje da se više nije imalo što povratiti osim vlastite krvi! Grobari nisu stizali iskopati tolike grobove! Divota!

Djeca su netremice zurila u profesoricu Kepecić, usta razjapljenih od užasa. U tom je trenutku, bez kucanja, u razred upao ravnatelj Smrtić, a dugačak kaput zavijorio se za njim poput vampirskog plašta. Zločesti klinci u zadnjim klupama, koji su pod satom cijelo vrijeme slali SMS-ove, brže-bolje su posakrivali mobitele ispod klupe.

– Oho, gospodine Smrtiću, čime sam zaslužila ovu čast? – nasmiješeno je upitala profesorica Kepecić. – Je li riječ o učeničkoj predstavi?

Zoe je već dugo pretpostavljala da je profesorica Kepecić zacopana u ravnatelja. Jutros je Zoe prošla pokraj plakata za učeničko predstavljanje talenata, koji je profesorica Kepecić bila netom izvjesila. Plakat je, naravno, bio zalijepljen jako nisko na zidu, mnogim učenicima tek u visini koljena. Organizacija tako zabavne priredbe uopće nije bila u skladu s osobnošću profesorice Kepecić pa je Zoe zaključila kako se cijele te stvari prihvatila samo da zadivi ravnatelja. Svima je bila dobro poznata činjenica da profesor Smrtić, usprkos svojoj strašnoj, vampirskoj vanjštini, jako voli školske predstave i slične priredbe.

– Dobro jutro, gospođice Kepec, hoću reći, gospođice Kepecić... – Čak se ni gospodin Smrtić nije uspio suzdržati!

Profesorici povijesti osmijeh je zamro na usnama.

– Bojim se da nije riječ o predstavljanju talenata, premda sam vam jako zahvalan na tome što ste ga priredili.

Profesorica Kepecić ponovno se ozarila.

– Ne – zagrmio je profesor Smrtić. – Bojim se da je riječ o nečem mnogo ozbiljnijem.

Osmijeh profesorice Kepecić ponovno je iščeznuo.

– Vidite – rekao je ravnatelj – domar je u ženskom zahodu pronašao... pronašao je... izmet.

11

Crna kuga

Kada je ravnatelj izgovorio riječ "izmet", svi su se klinci u razredu počeli hihotati, osim Zoe.

– Zar se netko pokakao na pod, gospodine?! – kroza smijeh je upitao jedan od dječaka.

– Nije pronađen ljudski izmet! Nego životinjski! – izderao se ravnatelj. – Gospodin Bunsen, profesor biologije, proučava uzorak da otkrije o kakvoj je životinji riječ. Ali čini nam se da bi to mogao biti glodavac...

Armitage se promeškoljio, a Zoe progutala knedlu. Jamačno je neko odbjeglo govance neopazice skliznulo na pod zahoda.

Bolje ti je da sada budeš manji od makovog zrna, Armitage, pomislila je Zoe.

Ali Armitage, nažalost, nije imao telepatske sposobnosti.

– Ako je netko od vas slučajno pomislio da je u školu dopušteno donositi ljubimce, podsjećam vas da je to zabranjeno. Najstrože zabranjeno! – objavio je ravnatelj pred cijelim razredom.

Zbog ogromne razlike u visini, bilo je strašno smiješno gledati to dvoje nastavnika jednog pokraj drugoga.

– Učenik koji u školu prokrijumčari životinju bilo koje vrste bit će na licu mjesta kažnjen isključenjem s nastave. To je sve! – S tim se riječima okrenuo na peti i izišao iz učionice.

– Veličanstveno! Doviđenja, gospodine Smrtić...! – doviknula je profesorica Kepecić za njim. Čeznutljivo ga je gledala kako odlazi. Zatim se ponovno obratila učenicima. – Dobro, čuli ste Colina, hoću reći, profesora Smrtića. Zabranjeno je u školu donositi kućne ljubimce.

Klinci su se počeli međusobno pogledavati i šaputati.

– Nositi ljubimca u školu? – Zoe je čula kako šapću. – Pa tko bi na svijetu bio tako glup?

Zoe je sjedila što je mirnije mogla i tiho zurila ravno pred sebe.

– TIŠINA! – zarežala je profesorica Kepecić i zavladala je grobna tišina. – Nije to bio znak da smijete početi brbljati! A sada, vratimo se gradivu. "Crna kuga".

Podvukla je te dvije riječi na ploči.

– Onda, što mislite, kako je ta nevjerojatno smrtonosna bolest stigla do Europe čak iz daleke Kine? Tko zna? – upitala je nastavnica ne osvrnuvši se. Bila je jedna od onih nastavnica koje postavljaju pitanja ne očekujući odgovor. Zato bi, milisekundu nakon što bi postavila pitanje, svaki put sama na njega odgovorila.

– Zar nitko ne zna? Tu su kobnu boleštinu donijeli *štakori*. Štakori na trgovačkim brodovima.

Zoe je prestala osjećati Armitageovo vrpoljenje pa je s olakšanjem odahnula. Mora da je zaspao.

– Ali za to nisu bili krivi štakori, zar ne? – ispalila je Zoe, uopće ne podigavši dva prsta. Nije mogla vjerovati da su pra-pra-pra-pra-pra-pra-pradjed i pra-pra-pra-pra-pra-pra-prabaka njezina malenog prijatelja krivi za tako užasna stradanja. Armitage je bio toliko mio da ni mrava ne bi zgazio.

Profesorica Kepecić se kao oparena okrenula na petama (koje joj, premda su bile visoke, nisu omogućile da dosegne barem prosječnu visinu). – Nešto si rekla, dijete? – šapnula je glasom vještice koja baca kletvu.

– Da, da... – zamucnula je Zoe, pokajavši se što nije držala jezik za zubima. – Oprostite, profesorice Kepecić, ali samo sam željela reći da za tu groznu boleštinu zapravo ne bismo smjeli kriviti štakore, jer oni ništa nisu skrivili. Glavni su krivci bile buhe koje su im se besplatno švercale na leđima...

Svi su klinci u razredu s nevjericom blenuli u Zoe. Premda je škola bila na lošem glasu i učitelji su često odlazili na bolovanje zbog sloma živaca, još se *nitko* nije usudio prekinuti profesoricu Kepecić, a pogotovo ne zato da bi ustao u obranu štakora.

Učionicom je zavladao grobni muk. Zoe se ogledala oko sebe. Sve su oči bile uprte u nju. Većina je djevojčica imala zgađen izraz lica, a većina se dječaka cerekala.

A zatim je, iznenada, Zoe na tjemenu osjetila najgori svrabljivi svrab. Osjećaj je, jednom riječju, bio svrabomanijakalan.

Što je sad, dovraga, to...? zapitala se.

– Zoe? – zarežala je profesorica Kepecić, koja je sada netremice zurila ravno u mjesto na Zoeinoj glavi koje ju je upravo svrbjelo.

– Izvolite, profesorice? – upitala je Zoe, sasvim nedužno.

– Imaš štakora na glavi...

12

Isključenje s nastave

Što je najgore što vam se može dogoditi u školi?

Kada ujutro dođeš na nastavu i šećući školskim dvorištem otkriješ da si zaboravila obući sve osim školske kravate?

Kada se na testu uzrujaš u strahu da nećeš dobiti peticu pa ti se želudac tako gadno stegne da sve prasne kroz guzicu?

Kada na nogometnoj utakmici zabiješ gol pa pobjedonosno pojuriš naokolo ljubeći i grleći suigrače, a nastavnik tjelesnog te obavijesti da si dao autogol?

Kada na satu povijesti istražuješ svoje obiteljsko stablo i doznaš da si u rodu s ravnateljem?

Kada te pred razrednicom uhvati napadaj kihanja pa je od glave do pete poprskaš šmrkljima?

Kada se u školi održava maskenbal, ali ti pobrkaš datume pa cijeli dan provedeš u kostimu Lady Gage?

Kada u šekspirijanskoj školskoj predstavi igraš Hamleta i taman dok izgovaraš riječi: "Biti ili ne biti..." na pozornicu skoči tvoja tetka, pljune u maramicu i njome ti obriše lice?

Kada nakon tjelesnog skineš tenisice a smrad crvljivog sira toliko je gadan da se cijela škola mora na tjedan dana zatvoriti kako bi se raskužila?

Kada se za ručak u kantini prežidereš zapečenog graha pa ti izleti prdež koji se cijelog dana ne uspije izvjetriti?

Kada u džepu blejzera prokrijumčariš štakora u školu, a on za vrijeme sata iziđe i popne ti se na glavu?

Bilo što od navedenog bilo bi dovoljno da završiš na popisu ozloglašenih učenika – onih koji su postali slavni iz pogrešnih razloga. Zbog incidenta sa štakorom na glavi, Zoe će zauvijek ostati na crnoj listi srama.

– Imaš štakora na glavi – ponovila je profesorica Kepecić.

– Ma nemojte, stvarno? – upitala je Zoe glumeći nevinašce.

– Ništa ne brini – odvratila je profesorica Kepecić. – Budi posve mirna dok ne pozovem domara. Sigurna sam da će ga uspjeti ubiti.

– Ubiti! Nema šanse! – Zoe je posegnula prema tjemenu, podigla glodavca iz crvene kose koja je sada bila raščupanija i zapetljanija no ikada pa ga privila na grudi. Djeca oko nje poustajala su iz klupa i ustuknula.

– Zoe... zar *poznaješ* ovoga štakora? – sumnjičavo je upitala profesorica Kepecić.

– Ovaaj... ne – odvratila je Zoe.

U tom je trenutku Armitage potrčao uz njezinu ruku i uvukao joj se u džep blejzera.

Zoe ga je pogledala. – Khm...

– Zar ti se taj štakor upravo uvukao u džep?

– Nije – glupavo je odgovorila Zoe.

– Nema nikakve dvojbe – rekla je profesorica Kepecić – da je ta prljava zvijer tvoj kućni ljubimac.

– Armitage nije prljava zvijer!

– Armitage? – upitala je profesorica Kepecić. – Zašto se, za ime Boga, tako zove?!

– Joj, duga je to priča, profesorice. Evo, vidite, sada je miran u mojemu džepu. Molim vas, nastavimo s gradivom.

Nastavnica i ostatak razreda toliko su bili zatečeni njezinim nonšalantnim odgovorom da nekoliko trenutaka nisu znali što bi rekli ili učinili. Zavladala je zaglušna tišina, ali nije potrajala.

– Čula si što je ravnatelj maloprije rekao – zaurlala je profesorica Kepecić. – Kazna je neodgodivo isključenje s nastave!

– Ali, ali, ali, sve mogu objasniti...

– GUBI SE VAN! GUBI SE IZ MOJE UČIONICE, TI POGANA

DJEVOJČICE! I NOSI TO OGAVNO STVORENJE SA SOBOM! – zarežala je nastavnica.

Pazeći da nikog ne pogleda u oči, Zoe je tiho skupila svoje knjige i olovke pa ih pospremila u plastičnu vrećicu. Odgurnula je stolicu koja je glasno zaškripala po ulaštenom parketu.

– Oprostite – rekla je Zoe, nikome osobno. Krenula je prema vratima najtiše što je mogla. Pritisnula je kvaku...

– REKLA SAM "NEODGODIVO ISKLJUČENJE"! – dreknula je profesorica Kepecić. – DA TE NISAM VIDJELA U ŠKOLI DO KRAJA POLUGODIŠTA!

– Ovaaj... onda, ćao đaci – rekla je Zoe, ne znajući što bi drugo rekla.

Polako je otvorila vrata učionice i tiho ih za sobom zatvorila. U hodniku je vidjela kako tridesetak iskrivljenih, malih lica pritišće nosove uz zamućeno staklo prozora učionice, gledajući za njom.

Na trenutak je sve bilo tiho.

Zatim se prolomila gromoglasna provala smijeha, dok je djevojčica odmicala hodnikom. Profesorica Kepecić je dreknula: – TIŠINA!

Sva su djeca bila na nastavi pa je škola djelovala neobično spokojno. Jedini zvuk koji je Zoe čula bio je bat vlastitih koraka koji su odjekivali hodnikom i šljapanje odlijepljenog potplata. Na trenutak joj se sva dramatičnost prethodne scene učinila strašno dalekom, kao da se sve to dogodilo u nečijem tuđem životu. Škola joj još nikada nije djelovala ovako jezovito prazna pa joj se činilo da sanja.

Pa ipak, ako je to bilo zatišje pred oluju, nije dugo potrajalo. Oglasilo se zvono za ručak pa su se, kao da je popustila brana, sva vrata učionica u dugome hodniku širom otvorila, a kroz njih je prokuljala bujica djece. Zoe je ubrzala korak. Znala je da će se vijest o tome da je na satu povijesti sjedila sa štakorom na glavi proširiti brže od crne kuge. Zoe je morala zbrisati iz škole, i to brzo...

13

Burtovi hamburgeri

Zoe je ubrzo primijetila da je potrčala, ali njezine kratke nožice nisu bile dorasle starijim, višim klincima koji su je ubrzo pretekli kako bi bili prvi u redu ispred pokretne pečenjare da se za ručak natrpaju pljeskavicama.

Zoe je dlanom zaštitila Armitagea. Već su je nebrojeno puta na školskome hodniku oborili na pod. Naposljetku se uspjela dočepati relativne sigurnosti školskog igrališta. Pognula je glavu, nadajući se da je nitko neće prepoznati.

Nažalost, s igrališta je na ulicu vodio samo jedan put. Pred njim je svakoga dana stajao isti, prljavi, dotrajali kombi s pečenjarnicom na kojem je velikim slovima pisalo: "Burtovi hamburgeri". Premda je hrana iz tog kombija bila odurna, hrana u kantini bila je još gora pa je većina klinaca između dva zla izabiralo ono manje i stajalo u redu pred pokretnom pečenjarnicom čekajući ručak.

Burt je bio neukusan kao i hamburgeri koje je posluživao. Taj samoproglašeni "kuhar" vječito je nosio istu, prljavu, prugastu majicu i traperice skorene od masti, koje su mu bile stisnute duboko ispod divovske trbušine. Preko majice navukao je krvavu pregaču. Tipu su ručetine bile stalno prljave, a gusta, raščupana kosa bila je prekrivena peruti veličine zobenih pahuljica. Čak mu je i perut imala perut. Perut je padala u masnu fritezu koja bi cvrčala i prskala kad god bi se nagnuo nad nju. Burt je neprestano šmrcao, poput svinje koja ruje po blatu. Oči mu nitko nije vidio, jer nikada nije skidao potpuno neprozirne sunčane

naočale. Lažno zubalo klepetalo mu je u ustima kad god bi progovorio, zbog čega je nehotice zviždukao. Školom je kružila legenda da mu je jednom prilikom ispalo ravno u kajzericu.

Pokretna pečenjarnica "Burtovi hamburgeri" nije nudila bogat jelovnik:

HAMBURGER U KAJZERICI 79 PENIJA

SAMO HAMBURGER 49 PENIJA

SAMO KAJZERICA 39 PENIJA

A još nije nagrađen nijednom restoranskom zvjezdicom. Hrana je bila taman na granici jestivosti, ako baš umireš od gladi. Za malo kečapa trebalo je doplatiti 5 penija, premda taj umak baš i nije imao okus kečapa niti je izgledao kao kečap: bio je smeđ i u njemu su plivali nekakvi crni komadići. Kad bi se netko požalio, Burt bi slegnuo ramenima i bez daha promumljao: – To vam je, djeco draga, moj specijalni recept.

Na Zoein najdublji užas, ondje se već nacrtala Tina Trotts i čekala na samom početku reda. Ako nije markirala s nastave, zasigurno se na silu progurala.

Ugledavši je, Zoe je još dublje pognula glavu, tako da je vidjela samo asfalt. Ali glava joj nije bila dovoljno nisko da ne bi bila prepoznata.

– ŠTAKORICA! – viknula je Tina. Zoe je podignula glavu i vidjela da cijeli dugački red djece zuri u nju. Sada su pred kombijem već stajali i neki klinci iz njezina razreda pa su počeli u nju upirati prstom i smijati se.

Uskoro se činilo da joj se cijela škola izruguje.

– HA HA HA HA HA HA HA HA HA HA HA HA HA HA HA HA HA HA HA HA HA HA HA HA HA HA HA HA HA HA HA HA HA HA HA HA !!!!!!!!!
!!
!!
!!
!!!
!!!

Nikada još smijeh nije zvučao tako ledeno. Zoe je na trenutak podignula pogled. U nju su zurile stotine sitnih očiju, ali pogled joj je privukao Burt, koji je pogrbljeno virio iz kombija. Nos mu se trzao, a golema kap sline mu se iz ruba gubice slila ravno na Tininu kajzericu...

Zoe nije mogla kući.

Njezina je maćeha bila u stanu i gledala sapunice na TV-u, pušila pljuge i u usta trpala čips od škampa. Da joj Zoe prizna zašto je izbačena, nema šanse da bi smjela zadržati Armitagea. Sheila bi ga najvjerojatnije iz istih stopa deratizirala. I to svojim golemim, teškim stopalom. Zoe bi ga morala zguliti s potplata maćehine ružičaste, čupave papuče kao palačinku.

Zoe je brže-bolje razmislila o preostalim opcijama.

1) Pobjeći s Armitageom i pljačkati banke poput Bonnie i Clydea a zatim poginuti slavnom smrću.

2) Podvrgnuti sebe i Armitagea plastičnoj operaciji pa odseliti u Južnu Ameriku gdje ih nitko neće prepoznati.

3) Slagati tati i maćehi da je u školi proglašen "Tjedan posvajanja glodavaca" i da nemaju apsolutno nikakvog razloga za brigu.

4) Tvrditi da Armitage nije pravi štakor nego robot kojeg je izradila na satu tehničkog.

5) Reći da po nalogu Obavještajne službe dresira glodavca za supertajni špijunski zadatak.

6) Nataknuti Armitageu bijelu kapicu i obojiti ga u plavo pa se pretvarati da je plišani štrumpf.

7) Od divovskog grudnjaka svoje maćehe napraviti dva balona pa odletjeti preko krovova u neki dalek kraj.

8) Ukrasti električna invalidska kolica i odjuriti preko granice.

9) Izumiti i sagraditi stroj za teleportaciju pa se s Armitageom teleportirati na sigurno.

10) Otići do Rajeve trafike i nažicati malo slatkiša...

Zoe se, očekivano, odlučila za ovo posljednje.

– Oho, pa to nam je gospođica Zoe! – uzviknuo je Raj kada je otvorila vrata njegova dućana. Kada je ušla, oglasilo se zvonce.

DING.

– Ne biste li trebali biti u školi, gospođice Zoe? – upitao je Raj.

– Aha, trebala bih – potišteno je promumljala Zoe. Osjećala je da bi svakoga časa mogla briznuti u plač.

Raj je trkom obišao pult i čvrsto zagrlio riđokosu curicu.

– Ma, što je bilo, mlada damo? – upitao je, privivši joj glavu uz svoj velik, udoban trbuh. Zoe već odavna nitko nije zagrlio. Na nesreću, njezin se aparatić za zube zakvačio za Rajev vuneni pulover pa se nije mogla odvojiti od njega.

– A joj – rekao je Raj. – Samo da se otpetljam. – Nježno je otpeljao končić iz pulovera s metala u njezinim ustima.

– Oprostite, Raj.

– Nema problema, gospođice Zoe. A sada mi recite – nastavi razgovor – kakva vas je to, pobogu, nedaća zadesila?

Zoe je duboko udahnula, a zatim mu rekla: – Isključena sam s nastave do kraja polugodišta.

– Nemoguće?! Pa ti si tako pristojna djevojčica. Ne vjerujem!

– Istina je.

– Pa zašto, pobogu?

Zoe je zaključila kako će biti lakše da mu pokaže pa je posegnula u džep i izvadila štakora.

– Ajajajajajajajajajaaaaaaaaa aaaaaaaaaaaaaaaajaja jajjajjajajajajaaaaaaaa aaaaaaiiiiiiiiijuuuuuuuh! – vrisnuo je Raj.

Zbrisao je od nje i popeo se na pult. Tamo je dugo stajao vrišteći.

– Iiiiiiiiiiiiiiijujujujujuju juuuuuuuuuuuuu! Ajajiiiiiiiiiiiiiijujuju jujuj! Nikako ne volim miševe, gospođice Zoe. Molim te, molim te, molim te, gospođice Zoe. Preklinjem te. Makni ga.

– Ma ne brinite se, Raj. Nije to miš.

– Nije?

– Nije. To je štakor.

Uto je Raj razrogačio oči i ispustio zaglušan vrisak: – AAAAAAAAAAAJ OOOOOOOOOOOOOOOOOJJJJJ MENEAAAAAAAAA AAUJUJUJUJUJU JOJ MENE MAJKOOOOOOOOO

OOO MOOOOJAAAAAAAAA
JAJAJAJAJAJAJAAAAAA
JOOOOOOOOOO
OOJJJJJJJJJJJ AUUUUUUUUU
UUJUJUJUJUJUUUUUU!!!!!!!!!!!!!!!!!!!!!!!!!
!!
!!!!!!!!!!!!!!!!!!!!!!!!!!!
!!!!!!!!!!!!!!!!!!!!!!!!!!!
!!!!!!!!!!!!!!!!!!!!!!!!!!

14

Šmrklji na stropu

– Ne, ne, milost – preklinjao je trgovac. – Gadi mi se! Gadi!

DING!

U kiosk je ušla neka starija gospođa i u čudu pogledala trgovca koji je čučao na pultu. Raj se grčevito držao za nogavice, ono malo kose na glavi mu se nakostriješilo, a velikim, nezgrapnim stopalima u strahu je toptao, gužvajući novine na kojima je stajao.

– Oh, dobar vam dan, gospođo Bennett – rekao je Raj drhtavim glasom. – Vaš je *Tjednik za pletilje* na polici, a platit ćete mi drugi put.

– Ma što to, pobogu, radite tamo gore? – upitala je starica, kao što se moglo i očekivati.

Raj je pogledao Zoe. Ona je krišom podigla kažiprst pred usne, preklinjući ga da je ne oda. Nije željela da itko dozna kako ima štakora, u protivnom bi se glasine brzo proširile naseljem i stigle do njezine maćehe. Na njezinu nesreću, međutim, Raj nije bio rođeni lažljivac.

– E pa, vidite, ovaj, znate...

– Upravo sam kupila Zvjezdanu prašinu – rekla je Zoe upavši mu u riječ. – Znate, onaj pucketavi slatkiš? Predugo je bio izložen suncu pa je postao jako eksplozivan, a kada sam otvorila vrećicu, razletio se po cijelom kiosku.

– Da, da, tako je, gospođice Zoe – potvrdio je Raj. – Žaljenja vrijedan incident, s obzirom na to da je prošlo tek petnaestak godina otkako sam krečio. Evo, baš pokušavam skinuti Zvjezdanu prašinu sa stropa.

Raj je naletio na neku posebno skorenu prljavštinu na stropu i pokušao je sastrugati noktom. – Sve je puno te Zvjezdane prašine, gospođo Benet. Molim vas, platite idući tjedan...

Starica mu je uputila sumnjičav pogled i zagledala se u strop. – Nije to nikakav pucketavi prah, nego nečiji šmrklji.

– Ma ne, ne, nikako, gospođo Bennet, griješite. Evo, gledajte...

Raj je, oklijevajući, noktom odlijepio sasušene bale koje su uslijed nečijeg kihanja još davno odletjele na strop i ubacio je u usta.

– Aj, kako pucketa! – neuvjerljivo je dodao. – Obožavam Zvjezdanu prašinu!

Gospođa Bennett odmjerila je trgovca kao da je sišao s uma. – Ja bih rekla da je to ipak bio veliki, sasušeni komad šmrklja – gunđala je izlazeći iz trafike.

DING.

Raj je brže-bolje ispljunuo komad drevne bale.

– Evo vidite kako je mali, neće vam ništa – rekla je Zoe. Nježno je izvadila štakorčića iz džepa. Raj se oprezno spustio s pulta i prišao stvorenju iz svoje najgore noćne more.

– Još je beba – hrabrila ga je Zoe.

Raj je ubrzo čučnuo i pogledao glodavca u oči.

– Ooo, mora se priznati da je ovo posebno zgodan štakor. Vidi samo taj sićušni nosić – rekao je Raj milo se smiješeći. – Kako se zove?

– Armitage – samouvjereno je odgovorila Zoe.

– Zašto je dobio baš to ime? – upitao je Raj.

Zoe je bilo sram što je ljubimca nazvala po marki zahoda pa je odgovorila samo: – Ah, duga je to priča. Pogladite ga.

– Ne hvala!

– Neće vam ništa.

– Sigurno...?

– Časna riječ.

– Dođi da te podragam, mali Armitage – šapnuo je trgovac.

Štakor je prišao korak bliže kako bi ga taj preplašeni čovjek mogao pomilovati.

– AJAJAJAJAJ! NAPAO ME! – vrisnuo je Raj, a zatim poput munje zbrisao iz trafike mlatarajući rukama po zraku...

DING.

Zoe je izišla za njim i vidjela da je već pretrčao pola ulice, sprintajući tolikom brzinom da bi se i trkači sa zlatnim olimpijskim medaljama pomučili da ga sustignu.

– VRATITE SE! – povikala je za njim.

Raj se zaustavio i okrenuo a zatim se, prošavši pokraj niza dućana nevoljko vukući noge, vratio do svojega. Kada je napokon na prstima prešao posljednjih nekoliko koraka do djevojčice i njezina ljubimca, Zoe je rekla: – Pa samo vas je želio pozdraviti.

– Ne, ne, varaš se. Oprostit ćeš, ali opasno mi se približio.

– Dajte, Raj, pa niste mala beba.

– Znam. Žao mi je. Zapravo je jako sladak.

Raj je duboko udahnuo a zatim pružio ruku i pomilovao Armitaga najnježnije što može. – Danas je baš prohladno. Odnesimo ga unutra.

DING.

– Što da radim s njim, Raj? Maćeha mi neće dopustiti da ga držim kod kuće, pogotovo sada kad sam zbog te slatkice izletjela iz škole. Mrzila je mojega hrčka iz dna duše pa nema nikakve šanse da bi mi dopustila držati štakora.

Raj se na trenutak zamislio. Za bolju koncentraciju, ubacio je u usta snažan pepermint.

– Možda bi ga trebala pustiti na slobodu – naposljetku je predložio trgovac.

– Na slobodu? – upitala je Zoe dok joj se u oku stvarala jedna jedina suza.

– Da. Štakori nisu pogodni za kućne ljubimce...

– Ali ovaj maleni je tako meden...

– Istina, ali narast će. Ne može cijeli život provesti u džepu tvojega blejzera.

– Ali ja ga volim, Raj. Stvarno.

– U to uopće ne sumnjam, gospođice Zoe – odgovorio je Raj i zubima smrvio onu pastilu ekstra-snažnog peperminta. – A ako ga voliš, trebala bi ga pustiti na slobodu.

15

Kamion šestoton

Kucnuo je, dakle, čas rastanka. Zoe je u dubini duše oduvijek znala da Armitagea neće moći dugo zadržati uza se. Za to je postojalo bezbroj razloga, ali najvažniji je bio sljedeći:

ARMITAGE JE ŠTAKOR.

Djeca ne drže štakore kao kućne ljubimce. Imaju mačke, pse, hrčke, gerbile, zamorce, miševe, barske kornjače i čančare, bogatuni ponekad imaju ponije, ali nikada štakore. Štakori žive u kanalizaciji, a ne u sobama malih djevojčica.

Zoe se potišteno odvukla iz Rajeva dućana. Trgovac bi mušterijama koji put znao podvaliti napola pojedenu čokoladu ili bi napola pocuclani bombon vratio u staklenku, ali svi su klinci iz kvarta dobro znali da njegovi savjeti zlata vrijede.

A to je značilo da se mora oprostiti od Armitagea.

Zato se Zoe odlučila vratiti kući okolnim putem, kroz park. Vjerovala je da je to savršeno mjesto za Armitageovo puštanje na slobodu. Tamo će za jelo imati dovoljno korica kruha koje su patke ostavile, moći će piti vodu iz jezera, možda se koji put u njemu čak i okupati, a možda će naletjeti i na pokoju vjevericu s kojom bi se mogao sprijateljiti ili se barem uljudno pozdravljati u prolazu.

Djevojčica je posljednji dio puta malenoga štakora nosila u ruci. Budući da je bila sredina poslijepodneva, park je bio gotovo pust, izuzev nekoliko starijih gospođa koje su njihovi psi izveli u šetnju. Armitage joj je omotao repić oko palca. Gotovo kao da sluti kako nešto nije u redu, držao se za njezine prste najčvršće što je mogao.

Vukući se najsporije na svijetu, Zoe je naposljetku ipak stigla do sredine parka. Zaustavila se na sigurnoj udaljenosti od pasa koji laju, labudova koji sikću i čuvara parka koji galami. Polako je čučnula na travu i otvorila dlan. Armitage se nije niti pomaknuo. Činilo se da mu ne pada napamet odvajati se od novostečene prijateljice. Skutrio se u njezinoj ruci, od čega je Zoe srce zamalo prepuklo.

Zoe je blago zatresla ruku, ali to ga je samo navelo da se još čvršće uhvati šapicama i repom. Susprežući suze, nježno je podigla štakora za krzno malene šije i pažljivo ga spustila na travu. Armitage se opet nije niti pomaknuo. Samo ju je čeznutljivo gledao. Zoe je kleknula i nježno ga poljubila u roza nosić.

– Zbogom, medeni – šapnula mu je. – Nedostajat ćeš mi.

Iz oka joj se skotrljala suza. Sletjela je na Armitageov brk, a njegov ju je mali, ružičasti jezik spretno uhvatio.

Štakorčić je nakrivio glavicu na stranu, kao da je pokušava razumjeti, tako da je Zoe postalo još teže.

Bolje rečeno, ovaj rastanak bio je tako nepodnošljivo tužan da Zoe to više nije mogla podnijeti. Duboko je udahnula i ustala, obećavši sama sebi da se neće osvrtati. To je obećanje prekršila već nakon pet-šest koraka, jer se nije mogla suzdržati da još jednom, posljednji put, krišom ne pogleda prema mjestu na kojem ga je ostavila. Na Zoeino veliko iznenađenje, Armitage je već nestao.

Sigurno je potražio zaklon u grmlju, pomislila je. Pogledom je pretražila gustiš ne bi li opazila kakvo kretanje, ali raslinje je bilo visoko, a on nizak i osim vršaka bilja koje je njihao povjetarac, u travi nije bilo nikakvog kretanja. Zoe se okrenula i nevoljko pošla kući.

Izašavši iz parka, prešla je ulicu. Hučanje jurećih automobila na trenutak je utihnulo, a u tom se zatišju Zoe učinilo da čuje neko tiho "ciju". Brzo se okrenula, a nasred ceste stajao je Armitage.

Cijelo ju je vrijeme slijedio u stopu.

– Armitage! – uzbuđeno je viknula. Nije želio biti slobodan. Želio je biti s njom! To ju je jako obradovalo. Od trenutka kada ga je ostavila, glavom su joj prolazili najcrnji mogući scenariji – da će Armitagea, na primjer, proždrijeti opaki labud ili da će zalutati na ulicu gdje će ga pregaziti kamion šestoton.

U tom je trenutku nešto tutnjeći jurnulo prema Armitageu, koji je još uvijek sporo kaskao preko ceste pokušavajući dostići Zoe.

Bio je to... kamion šestoton.

Zoe je stala kao skamenjena i gledala kako kamiončina juri sve bliže i bliže Armitageu. Nije bilo šanse da vozač primijeti bebu štakora nasred ceste pa će

Armitage svakog trenutka biti pretvoren u palačinku, od njega će ostati tek mrljica na asfaltu...

– NNNNNNNNNEEEEEEE EEEEEEEEEEEE!!!!!!!! – povikala je Zoe, ali kamion se i dalje grmeći približavao. Ništa nije mogla učiniti.

Armitage je pogledao u smjeru iz kojeg je stizao kamion i, shvativši da je u gabuli, počeo skakutati čas amo, čas tamo, nasred ulice. Štakorčić se strašno uspaničio. Ali ako Zoe potrči na ulicu i sama će završiti pod kotačima!

Bilo je prekasno! Kamion je protutnjio preko njega, a Zoe je pokrila oči dlanovima.

BRRRRRRUUUUUM MMMMMRRRRRRRRUUU UUUUUMMMMMMMMM-BRRRRUUUMMMM AAAARRRURUUU

Odvažila se otvoriti oči tek kada je čula da buka kamionskog motora zamire u daljini.

Pogledom je potražila mrlju na cesti.

Međutim, nije je pronašla.

Umjesto nje pronašla je... Armitagea! Mališan je blago drhturio, ali bio je živ. Divovske gume šlepera za dlaku su ga promašile.

Pogledavši lijevo i desno pa opet lijevo kako bi se uvjerila da nema automobila, Zoe je istrčala na ulicu i podigla ga.

– Više se nikada nećemo razdvajati. Nikada – rekla je Zoe privivši ga uza se. Armitage joj je odgovorio jednim dražesnim “ciju”...

16

Kupinov grm

Priroda zna iznaći načina da stvori život na najčudnijim mjestima. U smrdljivoj uličici koja je spajala glavnu cestu i Zoeino naselje, među praznim vrećicama čipsa i limenkama piva stajao je mali, ponositi grm kupine. Zoe je obožavala kupine – bile su besplatni slatkiši. Bila je sigurna da će se svidjeti i Armitageu. Ubrala je jednu krupnu za sebe i jednu sitnu za svog krznenog prijatelja.

Pažljivo je odložila bebu štakora na zidić. Pod budnim Armitageovim okom, Zoe je ubacila kupinu u usta i počela zdušno žvakati ispuštajući pritom zadovoljne zvukove. Zatim je kažiprstom i palcem podigla manju kupinu i pružila mu je. Armitage mora da je umirao od gladi jer se podigao na stražnje noge ne bi li je što brže dohvatio.

Zoe je bila oduševljena. Štakor je uhvatio kupinu prednjim šapama i stao je halapljivo grickati. Nestala je za nekoliko sekundi. Smjesta je molećivo pogledao Zoe tražeći još. S grma je ubrala još jednu kupinu i podigla je tik iznad njegova nosa. Armitage je bez oklijevanja ponovno stao na stražnje noge. Zoe je zamahnula kupinom oko njega, a on ju je slijedio hodajući na dvije noge. Izgledalo je kao da pleše.

– Kako li si samo darovit! – rekla je Zoe nagradivši ga kupinom. I ovu je pohlepno smazao, a Zoe ga je pomilovala po leđima. – Bravo, maleni!

Duša joj je sva ustreptala od uzbuđenja. Armitagea je moguće dresirati! I što je još bolje, činilo se da *želi* biti dresiran. Svladao je hod na stražnjim nogama brže od Puslice...

Ubrzo je Zoe s grma pobrala sve kupine koje je mogla dohvatiti. Tada je Armitagea počela učiti trikovima, kao nekoć hrčka. Među njima su bili:

Šetnjica na dvije noge.

Skok u vis.

Skakutanje na jednoj nozi.

Mahanje.

Čagica.

Uskoro je grm bio obršten, a Armitage je djelovao poprilično sito i umorno. Zoe je znala da je vrijeme za stanku. Podigla ga je na dlan i poljubila u nos.

– Čudesan si, Armitage. Tako ću te zvati i kada se zajedno popnemo na pozornicu. Čudesni Armitage!

Zoe je odskakutala niz uličicu. Srce joj je radosno plesalo, noge također.

Veselja je nestalo tek kada je Zoe zakoračila u naselje. Maćehi neće samo morati reći da je isključena s nastave, nego će joj morati objasniti i zašto.

Cijeli taj događaj mogao bi Zoeinoj maćehi poslužiti kao povod da joj još i više zagorča život. A što je bilo još milijun puta gore, mogli bi joj poslužiti kao povod da njezinu štakorčiću oduzme život. Život koji je tek počeo.

Dok se Zoe približavala svom iskrivljenom neboderu, primijetila je nešto neobično. Odmah pred ulazom u zgradu stajao je parkiran kombi *Burtovih hamburgera*. Ondje je stanovala već godinama, sve otkako je mama umrla, ali taj kombi još nikada nije vidjela u blizini. *Vječito* je stajao parkiran pred školom.

Što li traži ovdje, vrag ga odnio? pomislila je.

Čak i ovako izdaleka, miris prženoga mesa bio je dovoljno jak da ti se okrene želudac. Koliko god Zoe bila gladna, nikada ne bi kupila hamburger iz Burtova kombija. Sam smrad bio je dovoljan za spektakularno povraćanje u dalj. A i kečap je bio sumnjiva podrijetla. Prolazeći pokraj kombija, primijetila je da je odvratno prljav – čak je i prljavština na njemu bila prljava. Zoe je potegnula kažiprstom po karoseriji, a na ruci joj je ostala dva centimetra debela, masna, ljigava gruda nečistoće.

Možda se Burt upravo doselio u neboder, pomislila je. Nadala se da nije tako, jer je bio zbilja grozan. Burt je bio čovjek od kojega bi i tvoji košmari dobili noćne more.

Njezin je skučeni stan bio visoko na 37. katu, ali lift je stalno smrdio. U njemu si morao držati začepljen nos, što u vožnji do 37. kata stvarno nije lako izdržati. Stoga bi se Zoe uvijek uspinjala stubama. Armitage se udobno smjestio u džep njezina blejzera i osjećala je kako mu sićušno tijelo pri svakom koraku poskakuje pokraj njezina srca. Što se više uspinjala, dah joj je postajao sve glasniji. Stubište je bilo zatrpano svakojakim smećem, od opušaka do praznih boca. Stubište je također smrdjelo, ali manje od lifta, a i bilo je prozračnije, dakako.

Kada se napokon dočepala 37. kata, Zoe je po običaju već ostala bez daha i dahtala je kao pas. Zoe je na trenutak zastala pred vratima da dođe do zraka prije negoli će gurnuti ključ u bravu. Nije bilo sumnje da je Gospodin Smrtić, ravnatelj, već nazvao njezine roditelje i obavijestio ih da im je kći isključena s nastave. Zoe je bila sigurna da će za nekoliko sekundi na vlastitoj koži osjetiti maćehin neobuzdan bijes, bijes koji je bio sto puta gori od svih vragova u paklu.

Zoe je nečujno okrenula ključ i s oklijevanjem otvorila napola trula vrata. Premda je maćeha rijetko napuštala stan, televizor je bio isključen i vladala je potpuna tišina, pa se Zoe na prstima odšuljala hodnikom prema svojoj sobi, oprezno zaobilazeći najškripavije dijelove parketa. Pritisnula je kvaku svoje sobe i zakoračila u nju.

Usred njezine sobe stajao je nepoznat muškarac i gledao kroz prozor.

– Aaaaaahhhhhh!!!!!!!! – prestrašeno je vrisnula Zoe.

Tip se okrenuo.

Bio je to Burt.

17

"Njušim štakora!"

– Njušim štakora! – kroza zube je protisnuo Burt.

Samo što to nije bio Burt. Dobro, bio je Burt, ali je iznad gornje usne flomasterom šlampavo nacrtao brčiće.

– Što radite ovdje, zaboga? – upitala je Zoe. – I zašto ste si na faci narisali te brkove?

– Brkovi su pravi, dijete drago – odgovorio je Burt. Dok je govorio, jako je teško disao. Kakvo mu je bilo lice, takav mu je bio i glas: kao da su ispali iz nekog hororca.

– Nema šanse. Nacrtali ste ih.

– A ne, nisam.

– O da, jeste, Burte.

– Nisam ti ja Burt, dijete drago. Ja sam Burtov brat blizanac.

– Ako je tako, kako se onda zovete?

Burt se na trenutak zamislio. – Burt.

– Vaša je mama rodila blizance i obojicu vas nazvala "Burt"?

– Bili smo jako siromašni pa si mama nije mogla priuštiti da svatko od nas dobije svoje ime.

– Smjesta da ste izišli iz moje sobe, mutikašo!

Zoe je odjednom začula bat maćehinih koraka na hodniku. – Da se nisi usudila bit' tako bezobrazna prema našem dragom deratizatoru! – zakriještala je dogegavši se u sobu.

– Nije on nikakav deratizator, nego prodavač hamburgera! – usprotivila se Zoe.

Burt je stajao između njih dvije s podrugljivim osmijehom na licu. Nikako se nije moglo naslutiti koju gleda, jer su njegove goleme naočale bile neprozirne poput najdublje, najcrnje nafte.

– Ma što to blebećeš, vrag ti sreću odnio? Gospon hvata šakore – izderala se Zoeina maćeha. – Jel' tako?

Burt je bez riječi kimnuo i nasmiješio se pokazavši loše namješteno zubalo.

Djevojčica je zgrabila maćehu za debelu, istetoviranu mišku i odvukla je do prozora.

– Pogledaj mu kombi! – rekla joj je. – Pročitaj što piše na vratima!

Sheila se kroz prljavi prozor zagledala u vozila parkirana pred neboderom. – "Burtova služba za deratizaciju" – pročitala je.

– Molim? – zaprepastila se Zoe.

Dlanom je obrisala nekoliko prljavih mrlja i zagledala se kroz prozor. Žena je bila u pravu. Stvarno je tako pisalo. Ali kako je to moguće? Činilo se da je to onaj isti kombi. Zoe je pogledala Burta. Cerio se od uha do uha. Dok ga je gledala, iz džepa je izvadio prljavu, smeđu papirnatu vrećicu iz koje je nešto izvukao i strpao u usta. Zoe se mogla zakleti da se migoljilo. Je li moguće da je to bio žohar? Zar taj grozni tip za užinu žvače žohare?

– Vidiš? – rekao je Burt. – Ja sam ti lovac na štakore.

– Možeš misliti – rekla je Zoe i okrenula se prema maćehi. – Čak i da jest – a nije zato što je prodavač hamburgera – što traži u *mojoj sobi*? – ljutito je upitala.

– Došo' je zato šta je čuo u školi da si na nastavu donijela štakora – odgovorila je njezina maćeha.

– To je laž! – slagala je Zoe.

– A zašt' me onda danas nazvo' tvoj ravnatelj, a? A? HA? GUKNI GOLUBICE! Sve mi je reko'. Derište jedno zmazano!

– Nemojmo praviti cirkus, dijete drago – rekao je Burt. – Samo mi daj tu beštiju. – Ispružio je prljavu, kvrgavu ruku. Na podu pokraj Burtovih nogu ležao je stari, prljavi kavez koji je izgledao kao da je načinjen od metalne košare za fritezu. Samo, umjesto da u njemu prži krumpiriće, unutra je nagurao stotine štakora.

Na prvi pogled Zoe je pomislila da su štakori mrtvi, jer se nisu micali. Kada ih je podrobnije proučila, uvidjela je da su živi, samo su bili toliko stiješnjeni da se nisu mogli niti pomaknuti. Mnogi su izgledali kao da nemaju mjesta čak niti za disanje. Bio je to grozomoran prizor, a Zoe je došlo da zaplače nad takvom zapanjujućom okrutnošću.

Upravo je u tom trenutku Zoe osjetila da se Armitage vrpolji u njezinu džepu. Možda je nanjušio strah. Djevojčica je kradomice podigla ruku na grudi kako bi prikrila migoljenje. Glavom su joj prošle svakojake moguće laži, od kojih je naposljetku izabrala sljedeću:

– Pustila sam ga na slobodu – rekla je. – Ravnatelj je govorio istinu, stvarno sam donijela štakora u školu, ali pustila sam ga u parku. Slobodno upitajte Raja – on mi je to savjetovao. Želite li ga naći, potražite u parku – dodala je, odjednom obujmivši dlanom džep s Armitageom, koji se sada već vrpoljio kao lud.

Zavladala je grobna tišina. Zatim je Burt prosiktao: – Lažeš, dijete drago.

– Ne lažem! – odvratila je Zoe, pomalo ishitreno.

– Nemoj lagat' gosponu – zagrmila je Sheila. – Ne možemo dopustit' da nam po stanu opet švrljaju kojekakve kužne beštije koje raznose boleštine!

– Govorim istinu! – pobunila se Zoe.

"Njušim štakora!"

– Njušim ga – rekao je taj gadan tip, trzajući gadnom nosinom. – Mogu nanjušiti štakora na kilometar.

Burt je onjušio zrak, a zatim ga šišteći ispuhnuo kroza zube. – Bebe štakori imaju slatkast miris... – Oblizao je usta, a Zoe se naježila.

– Nema tu nikakvih štakora – rekla je Zoe.

– Daj ga ovamo – odlučno je rekao Burt. – Da ga na brzaka kresnem ovom visokotehnološkom napravom za omamljivanje glodavaca. – Iz stražnjeg je džepa izvadio krvavi čekić. – Posve je bezbolno, ništa neće osjetiti. Poslije će se pridružiti svojim prijateljima i lijepo se s njima ovdje poigrati. – Burt je pokazao kavez i grubo ga tresnuo petom blatnjave čizme.

Zoe je premrla od straha, ali skupila je hrabrost da progovori:. – Grdno ste se prevarili, bojim se. Ovdje nema ni "š" od štakora. Ako se vrati, smjesta ćemo vas nazvati, to se podrazumijeva. Hvala lijepo.

– Daj ga ovamo – prosiktao je taj zlokobni tip.

Sheila je, u međuvremenu, pozorno mjerkala pokćerku koje se toliko gnušala i primijetila neobičan položaj njezine lijeve ruke.

– Beštijo jedna zločesta! – optužila ju je ščepavši je za ruku. – Skriva ga u školskom blejzeru.

– Gospođo, samo je čvrsto držite – uputio ju je Burt. – Štakora mogu mlatnuti i kroz odjeću. Tako će biti manje krvi na tepihu.

– Neeeeeeeeeeeeee! – vrisnula je Zoe. Pokušala je istrgnuti ruku iz maćehine, ali ta je ženturača bila mnogo veća i snažnija od pokćerke. Djevojčica je izgubila ravnotežu i tresnula na pod. Armitage je izmigoljio iz njezina džepa i počeo jurcati tepihom.

– Aaaaaaaaaaaaaaa ajajajaja jajaaaaaaaaaaaaaaa joooooooooo oooooj!!!!!!!!!!!!! – vrisnula je maćeha. – Miči ga od mene!

– Vjerujte, ništa neće osjetiti – prosiktao je Burt i spustio se na sve četiri, prijeteći mašući krvavim čekićem. Nos mu se trzao dok je lovio štakora po sobi i mlatio batom po podu promašujući Armitagea za dlaku.

– Stanite! – vrisnula je Zoe. – Ubit ćete ga!

Pokušala je nasrnuti na čovjeka, ali ju je maćeha čvrsto držala za ruke.

– Dođi, dođi, ljepotane moj! – šaputao je Burt neprestano lupajući čekićem na sve strane po prašnjavom tepihu, tako da su pri svakom udarcu oko njega praskali oblaci skorene prljavštine.

Armitage je bježao amo-tamo, očajnički izbjegavajući udarac čekića. Čekić je snažno tresnuo i pričepio mu vršak repa.

– Cviiiiiiiiiiiiillll! – bolno je zacvilio štakorčić i odjurio se sakriti pod Zoein krevet. To nije smelo Burta koji se, ne skidajući sunčane naočale, ispružio potrbuške na pod i odgmizao pod krevet poput zmijurine, divljački mlatarajući čekićem lijevo i desno.

Zoe se oslobodila maćehina stiska i bacila se tipu na leđa čim su izvirila ispod kreveta. Djevojčica u životu još nikog nije udarila, ali sada mu je skočila na kralježnicu poput kauboja koji jaše bika na američkom rodeu i svom ga silinom izbubetala po ramenima.

Maćeha ju je u hipu povukla za kosu i tresnula njome o zid, a Burt je ponovno nestao pod krevetom.

– Zoe, prekini! Ti si zvijer. Čuješ li me? Zvijer! – vrištala je žena. Zoe još nikada nije vidjela maćehu toliko izbezumljenu bijesom.

Premda prigušeni, pod krevetom su odzvanjali nebrojeni, potmuli udarci čekića o tepih. Niz djevojčine su se obraze slijevale suze. Nije mogla vjerovati da će njezinog ljubljenog malog prijatelja snaći tako nasilan kraj.

SPLAT!

Uto je zavladao muk. Burt je izmigoljio ispod kreveta. Posve iscrpljen, sjeo je na pod. U jednoj je ruci držao okrvavljen čekić. Među prstima druge ruke držao je repić s kojega se klatilo beživotno Armitageovo tijelo, a zatim je pobjedonosno objavio:

– Imam te!

18

"Satiranje"

– Jeste za čips od škampa? – ponudila je Sheila tipa.

– Mljac, to se ne može odbiti – odvratio je Burt.

– Samo jedan.

– Oprostite.

– Nego, recite vi meni, deder, što će bit' sa svim tim štakorima? – nastavila je Sheila svojim najsnobovskijim glasom, ispraćajući Burta prema vratima. Zoe je sjedila na krevetu i ridala. Njezina je maćeha bila toliko zgrožena Zoeinim ponašanjem da ju je zaključala u sobu. Koliko god Zoe tresla kvakom i lupala šakom po vratima, nije ih uspjela ni mrvicu pomaknuti.

Djevojčica je bila posve skrhana. Mogla je samo sjediti i plakati. Slušala je kako maćeha ispraća onog užasnog čovjeka.

– Ha, čujte – odvratio je Burt glasom koji je trebao biti utješan, ali je zapravo zvučao jezovito – klincima prodajem priču da ih sve odvodim u specijalan hotel za štakore.

Sheila se nasmijala. – I vjeruju vam?

– Aha, male budaletine vjeruju da svi trčkaraju i igraju se na suncu a zatim se opuštaju u sauni, idu na masažu, na kozmetičke tretmane i tome slično!

– Ali u stvarnosti...? – šapatom je upitala Sheila.

– Satirem ih! U mojem specijalnom stroju za satiranje!

Sheila se klokotavo nasmijala. – Je li bolno?

– Jako!

– Ha ha! Super. Jel' ih gazite?

– Ne.

– Joj, ja bi ih prvo zgazila, pa tek onda satrla. Tako bi dvostruko više patili!

– Oho, pa to ću morati pokušati, gospođo...?

– Ma, zovite me samo Sheila. Jeste za još jedan čips od škampa?

– Njam, njam, da molim.

– Samo jedan.

– Oprostite. Divan okus – promrmljao je Burt.

– Baš kao pravi prženi škampi, pojma nemam kako im to uspijeva.

– Jeste li ikada kušali prave škampe?

– Jok – odgovorila je žena. – Ali nema ni potrebe. Imaju okus točno k'o ovaj čips.

– Posve ste u pravu. Gospođo, nemojte mi zamjeriti, ali moram primijetiti da ste iznimno lijepa žena. Bila bi mi čast izvesti vas danas na večeru.

– Oho, pa vi ste pravi zloćko! – koketno je odvratila Zoeina maćeha.

– Tako bih vas mogao počastiti jednim od svojih jako posebnih hamburgera.

– Ooo, svakako, molim lijepo! – Ta se grozna ženturača na kraju i zahihotala poput djevojčice, od čega se Zoe okrenuo želudac. Zoe nije mogla vjerovati vlastitim ušima da bi njezina maćeha mogla ovako bestidno koketirati s tom gnjusnom spodobom.

– Bit ćemo ondje samo nas dvoje i onoliko hamburgera koliko možemo utrpati u usta... – tepao joj je Burt.

– Kako romantično... – šapnula je Sheila.

– Onda, do idućeg viđenja, princezo moja...

Zoe je čula zatvaranje vrata a zatim tutnjavu maćehinih koraka prema njezinoj sobi i okretanje ključa u ključanici.

– Crno ti se piše, mlada damo! – rekla je Sheila. Mora da se na rastanku poljubila s Burtom, jer su joj se iznad usnice preslikali brkovi od crnog flomastera.

– Baš me briga! – rekla je Zoe. – Stalo mi je samo do Armitagea. Moram ga spasiti.

– Tko ti je taj Armitage?!

– Štakor.

– Kakvo je to ime za štakora, vrag ti sreću odnio? – u nevjerici je upitala maćeha.

– Duga priča.

– Kako bilo, to je strašno glupavo ime za štakora.

– A kako bi ga ti nazvala?

Sheila je dugo mozgala.

– No? – upitala je Zoe.

– Evo, razmišljam.

Uslijedila je duga šutnja tijekom koje je Sheila izgledala kao da se duboko koncentrira. Naposljetku je rekla: – Štakorko!

– Jako originalno – promumljala je Zoe.

Maćeha se na to još više izbezumila.

– Ti si zla! Čuješ li me, mlada damo? Zla! Najrađe' bih te odma' izbacila na cestu! Kako si mogla napast' onog dragog čovjeka?

– Dragog?! Tip je masovni ubojica štakora!

– Ne, ne. ne. Sve ih odvodi u posebni azil za štakore gdje se odmaraju kao u toplicama...

– Zar misliš da sam glupa kao stup? Ubija ih.

– Ali ih, na žalost, ne gazi. Samo ih satire. Baš šteta.

– To je nečovječno!

– Koga briga? Jedan štakor manje na svijetu.

– Ne. Moram spasiti svog malog Armitagea. Moram...

Zoe je ustala i krenula prema vratima. Maćeha ju je ponovno prikliještila uz krevet svom svojom nemalom težinom.

– Ne ideš ti nigdje – rekla je ženturača. – Za kaznu, nema izlaska. Jes' čula? Nigdje ti ne ideš! NE IDEŠ NIGDJE!

– Kaže se "ne ideš *nikamo*" – primijetila je Zoe.

– Ne kaže! – Sheila je sada već bila izvan sebe od bijesa. – Neš' mrdnut iz ove sobe dok ti ja ne kažem da smiješ. Čami tu i razmišljaj o onome šta's napravila. I krepaj!

– Samo čekaj da se tata vrati kući!

– Misliš da će ti ta nesposobna lijenguza pomoći?

Zoe su zapekle oči. Tata je možda spao na niske grane, ali ipak je još bio njezin tata. – Da se nisi usudila tako pričati o njemu!

– Trpim ga samo zbog para od socijalne i krova nad glavom.

– Reći ću mu to čim ga vidim.

– Neće mu to bit' nikakva novost. To mu svake noći nabijem na nos – podrugljivo odvrati ta gadna ženska, promuklo se nasmijavši.

– Voli me. Neće ti dopustiti da sa mnom ovako postupaš! – pobunila se Zoe.

– Ak' te tako ludo voli, zašt' onda od jutra do sutra loče u birtiji?

Zoe je utihnula. Na to pitanje nije znala odgovor. Te su joj riječi slomile srce na milijun sićušnih krhotina.

– Aha, i ja mislim! – rekla je žena. S tim je riječima Sheila zalupila vratima i zaključala ih za sobom.

Zoe je potrčala do prozora i zagledala se niz ulicu. Budući da se nalazila na trideset sedmom katu trošnog nebodera, vidjela ju je kao na dlanu. U daljini je opazila Burta koji je u svom kombiju odmicao velikom brzinom. Nije bio vješt vozač: dok ga je pratila pogledom, na okolnim je automobilima odbio nekoliko retrovizora i zamalo pregazio staricu, a zatim je nestao s vidika.

Smračilo se, ali vanjski su svijet obasjale tisuće uličnih svjetala. Okupala su njezinu sobu ružnim, narančastim odsjajem koji se nikada nije gasio.

Tata se u sitne sate napokon vratio iz pivnice. Između njega i Sheile je, kao i svake večeri, izbila svađa u kojoj je bilo dernjave i treskanja vratima. Tata nikada ne bi provirio u Zoeinu sobu da provjeri kako je. Najvjerojatnije bi zaspao na kauču prije negoli bi mu se za to ukazala prilika.

Noć je došla i prošla, a Zoe nije oka sklopila. U glavi su joj se rojile misli, a duša ju je boljela. Ujutro je čula kako tata izlazi iz stana, valjda da bi stajao pred pivnicom čekajući da se otvori, a maćeha je uključila televizor. Zoe je lupala i lupala po vratima, ali maćehi nije bilo ni nakraj pameti da je pusti van.

Zatvorenica sam, pomislila je Zoe. U očaju je legla natrag na krevet. Bila je gladna i žedna, a usto joj se i strašno piškilo.

A što zatvorenici rade po cijele dane? upitala je samu sebe. *Planiraju bijeg...!*

19

Veliki bijeg

Armitage je u strašnoj opasnosti. Zoe ga mora spasiti. I to brzo.

Znala je da Burt svakoga dana parkira svoju prljavu pokretnu pečenjaru pred ulazom u školsko dvorište pa bi ga, uspije li pobjeći iz sobe, lako slijedila i pronašla. Tako bi doznala gdje su svi oni štakori utamničeni u iščekivanju "satiranja".

Zoe je smislila svakojake planove za bijeg na slobodu:

1. Mogla bi sve plahte zavezati jednu za drugu i tako napraviti uže kojim bi se spustila na

sigurno. Na žalost, budući da je stanovala na 37. katu, nije bila sigurna da bi se po takvom užetu mogla spustiti niže od 24. kata. Opasnost po život – visoka.

2. Nudila joj se i mogućnost ptičjeg leta. Mogla bi od gaćica i vješalica sklepati krila pa se na njima vinuti u nebo i odletjeti na slobodu. Opasnost po život – visoka. A što je još važnije, Zoe nije imala toliko čistih gaćica.
3. Kopanje. Tuneli su ratnim zarobljenicima oduvijek bili omiljeno sredstvo za bijeg iz neprijateljskih logora. Opasnost po život – niska.

Otegotna okolnost kod plana broj tri bila je ta što se ispod Zoeine sobe nalazio stan neke unjkave starice koja se, premda su njezini psi bili najglasniji lajavci, vječito žalila na buku odozgo. Cinkala bi Zoe maćehi dok kažeš "keks".

Mogla bih, međutim, tunel iskopati postrance! pomislila je Zoe.

Odlijepila je poster najnovijeg *boy-banda* i noktima nježno kucnula po zidu iza njega. Kuckanje je odjeknulo u susjednome stanu, što je značilo da su zidovi jako tanki. Tijekom godina naslušala se dreke prvih susjeda, ali bila je previše prigušena da bi se po njoj dalo zaključiti kakvi su ljudi – Zoe je pretpostavljala da je riječ o djevojčici i njezinim roditeljima, ali možda ih je bilo i više. Tko god bili, činilo se da žive jednako nesretnim životom kao i Zoe, ako ne i gorim.

Sam plan bio je jednostavan. Poster se u svakom trenutku može vratiti na zid i sakriti što se iza njega događa. Sada joj je samo trebalo nešto čime bi iskopala tunel u zidu. Nešto oštro i metalno. *Ključ*, pomislila je i uzbuđeno jurnula prema vratima, ali uto se sjetila da se nalazi s druge strane ključanice. Upravo je zato i bila prisiljena na bijeg.

– Baš sam genijalka – progunđala je sebi u bradu.

Zoe je prekopala svu svoju imovinu, ali ravnalo, češalj, olovka i vješalice bili su načinjeni od plastike. A da nečim plastičnim pokuša izdupsti zid, smjesta bi se slomilo.

Zoe se zagledala u zrcalo i shvatila da joj je rješenje pod nosom. Aparatić za zube. Napokon neka korist od te proklete naprave. Zoe ga je otkvačila i izvukla a zatim se zaletjela prema zidu. Ne trateći ni trena da s njega obriše slinu, počela je grepsti zid. Nije čudo da ga je bilo bolno nositi, da joj je strugao o desni i zapetljao se u Rajev džemper – metal je bio jako oštar! Ubrzo je žbuka sa zida padala na pod u krupnim komadima. Nije trebalo dugo da se kroz nju probije do cigle, a na aparatiću su se skupile grude boje, žbuke i prašine. Zoe je iznenada čula kako se ključ u vratima njezine sobe okreće pa je skočila i brže-bolje zalijepila poster natrag na zid. U zadnji se čas sjetila vratiti aparatić na zube, premda ga nije stigla očistiti.

Sheila je sumnjičavo odmjerila pokćerku. Činilo se da sluti kako Zoe nešto smjera, samo nije bila sigurna što. Barem ne još.

– 'Oćeš žderat? Nema mi druge nego da te našopam – rekla je ta gadna ženturača. – Ako mi krepaš od gladi, natovarit ću si socijalnu službu na vrat, a ti znaju bit dosadni k'o krpelji. – Sheiline su ptičje, sitne oči promotrile sobu s jednog kraja na drugi. Nešto nije bilo kako treba, ali nikako joj nije polazilo za debelom rukom da otkrije što.

Zoe je odmahnula glavom. Nije se usudila progovoriti ustima punim prašine. Zapravo je umirala od gladi, ali morala je nastaviti provoditi plan bijega u djelo i nije željela da je itko prekida.

– Sigurno moraš na zahod? – upitala je debeljuca.

Zoe je primijetila da maćeha pogledom pretražuje sobu. Djevojčica je ponovno odmahnula glavom. Uplašila se da će se ugušiti jer joj se žbuka počela slijevati niz grlo. Ako ćemo iskreno, mjehur tek što joj nije eksplodirao pa je noge neprestano morala držati prekrižene, ali da je otišla na zahod, maćeha bi joj pretražila sobu, a možda bi pronašla i početak tunela.

– Jesi l' stavila aparatić na zube?

Zoe je iz sve snage kimnula a zatim se pokušala nasmiješiti zatvorenih usta.

– Da vidim – ustrajala je maćeha.

Zoe je polako otvorila usta kako bi pokazala komadić metala.

– Ništa ne vidim. Zini jače!

Djevojčica je nevoljko otvorila usta i pokazala aparatić prekriven žbukom. Žena se sagnula da bolje vidi.

– Moraš bolje prat' zube, odurni su. Gadiš mi se, koliko si gnjusna.

Zoe je zatvorila usta i potvrdno kimnula. Sheila je još jednom odmjerila pokćerku i s gnušanjem odmahnula glavom a zatim se okrenula i otišla.

Zoe se nasmiješila. Izvukla se. Barem za sada.

Pričekala je škljocaj ključa u bravi, a zatim se vratila zidu. Poster je bio okrenut naopačke! Pomolila se da onaj s kosom začešljanom prema naprijed nikada ne dozna kako je njegovu sliku zalijepila naglavce – bio je Zoein miljenik i jednoga će je dana oženiti. Premda toga još nije svjestan.

A što je još važnije: hvala nebesima što maćeha nije primijetila da je poster zalijepljen naopako. Zoe je ispljunula aparatić i o rukav obrisala sloj žbuke s jezika, suhog poput pustinjskoga pijeska. Zatim je ponovno prionula na posao.

Cijelu je noć grebala i strugala zid dok ga napokon nije probila. Aparatić joj se pretvorio u iskrivljenu hrpu željeza pa ga je bacila ustranu. Sretna što se poslu bliži kraj, Zoe je uzbuđeno nastavila kopati prstima. Grebla je da proširi rupu, šakama odlamala komade žbuke najbrže što je mogla.

Zoe je otrla oči i provirila kroz rupu. Nije imala pojma što je čeka s druge strane zida. Kada se bolje zagledala, shvatila je da zuri u nečije lice.

Lice koje joj je dobro poznato.

Lice Tine Trotts.

20

Potezanje konopa

Zoe je, dakako, oduvijek znala da nasilnica stanuje u njezinu neboderu. Njezina je banda vječito okupirala dječje igralište. Povrh toga, Tina bi svakoga dana sa stubišta pljunula Zoe na glavu, ali Zoe nije niti slutila da ta grozna djevojčica živi tako blizu nje!

Zatim je Zoe kroz glavu proletjela misao koja ju je posve zbunila: to znači da Tinina obitelj urla i treska vratima još gore negoli njezina. Tina je bila djevojčica na koju se otac toliko derao. I koju je Zoe sažalijevala dok bi noću pokušavala zaspati.

Zoe se sva stresla kako bi odagnala taj neobičan, novi osjećaj *suosjećanja* prema Tini Trotts. Zatim se prisjetila jednog drugog osjećaja – slijevanja hračka niz facu – pa ju je odmah prestala sažalijevati.

Već je bila sredina jutra. Zoe je dubila zid cijelu noć. Na drugoj strani rupe ležalo je Tinino ružno lice. Hrkala je. Ležala je u krevetu koji je, poput odraza u zrcalu, stajao na istome mjestu kao i krevet u Zoeinoj sobi. U njezinoj sobi, međutim, ničega nije bilo. Više je sličila zatvorskoj ćeliji nego djevojačkoj spavaćoj sobi.

Tina je bila do nosa zamotana u prljavi poplun. Hrkala je poput deve, glasno i potmulo, krajnje neprimjereno djevojčici, a usne bi joj se pri svakom izdahu zatresle.

Ako ste se ikada pitali kako deva hrče, to zvuči otprilike ovako:

H R R R R R R R R R R R R

HRRRRRRKRRRRRRRZZzzzzzzzz!

H R R R R R R R R M M

H R R R R R R R R K

HRHRHRPIIIIIIIIIIII! HRPIIIIII! HRRRRRRRR HRRRRRRKRRRRRRZZZZZZzzzzz!

Nije bio ni vikend ni praznik pa je već odavno trebala biti na nastavi, ali Zoe je znala da Tina najčešće markira ili se u školi pojavljuje i nestaje kad god joj puhne.

Sada se Zoe našla oči u oči s najgorom neprijateljicom. Ipak, uzmaka nije bilo. Uslijed opsežna iskapanja, Zoeina je cijela soba bila prekrivena gustim slojem prašine. Čim maćeha otključa vrata i zakorači u sobu, cijeloj će priči doći kraj i više nikada neće vidjeti Armitagea...

Ali u ovom se trenutku, međutim, s druge strane rupe ispriječilo Tinino veliko, zastrašujuće lice. Zoe je zurila u neobično guste nosne dlake te nasilnice i pitala se što da, dovraga, učini.

Zoe je odjednom skovala plan. Kad bi se samo dočepala jednog ruba Tinina popluna, mogla bi ga naglo povući kroz rupu. A zatim bi se, nakon što se Tina otkotrlja na pod, Zoe mogla provući kroz rupu, preskočiti je i kroz Tinin stan jurnuti u slobodu.

Postalo joj je jasno da je i kod plana s kopanjem stupanj opasnosti po život trebala ocijeniti kao "visok".

U tom je trenutku bat maćehinih koraka zatutnjao hodnikom.

Zoe se morala baciti u akciju, i to brzo. Gurnula je ruku kroz rupu, duboko udahnula i svom snagom povukla rub popluna, koji je bio poprilično mastan pod prstima. Kao da nikada nije opran. Trzaj je bio dovoljno snažan da otkotrlja Tinu na pod...

TUMP

TUMP

TUMP!

Čim je Zoe začula škljocaj ključa u ključanici, uspentrala se kroz rupu. Zoe, međutim, za razliku od štakora, nije imala brkove i premda je bila neobično sitna rasta ipak je precijenila svoju veličinu. Provukavši pola tijela kroz rupu, totalno je zaglavila. Koliko god se migoljila, ni milimetar se nije mogla pomaći. Tina se, dakako, već bila probudila, a ne treba niti spominjati da nije bila dobre volje. Bila je bjesnija od velike bijele psine kojoj je netko napravio psinu.

Nasilnica se polako osovila na noge, prostrijelila Zoe pogledom i počela je žestoko povlačiti za ruke, nesumnjivo zato da joj cijelo tijelo dovuče u svoju sobu ne bi li ga temeljitije premlatila.

– Polomit ću ti sve kosti, balavice – zarežala je.

– O, dobro ti jutro, Tina – rekla je Zoe glasom koji se zalagao za nenasilno rješenje ove nesvakidašnje situacije. U međuvremenu je, čuvši sav taj cirkus, u sobu iza nje uletjela Sheila i zgrabila pokćerku za noge.

– 'Vamo dođi! Kad te se dočepam, polomit ću ti sve kosti! – dreknula je debela.

– Dobro jutro, maćeho – doviknula joj je Zoe preko ramena. Ali njezin cvrkutav glasić ni ovoga puta nije uspio umiriti ženu koja ju je potezala za gležnjeve.

Ubrzo je Zoe počela šibati kroz rupu naprijed-natrag.

– Jaaao! – jauknula bi kad bi je povukli na jednu stranu.

– Joooj! – jauknula bi kad bi je povukli na drugu.

Za nekoliko je trenutaka počela zvučati kao da pjeva neki jako jednoličan narodnjak.

– Jaaao! Joooj! Jaaao! Joooj! Jaaao! Joooj! Jaaao! Joooj! Jaaao! Joooj! Jaaao! Joooj!

Naprijed. Natrag. Naprijed. Natrag.

Nije prošlo dugo, a zid se oko nje počeo urušavati od silna natezanja.

Tina je bila snažna, ali Zoeina je maćeha na svojoj strani imala golemu masu. Bilo je to iznenađujuće izjednačeno potezanje užeta pa se činilo da mu nema kraja. Njih su dvije Zoeine udove povlačile tolikom silinom da je, jaučući, bila sigurna da ovaj cirkus ima i jednu dobru stranu: tko god pobijedio, Zoe će na kraju biti za glavu viša.

Osjećala se kao posebno slasna kost oko koje se natežu dva psa. Kost se, međutim, lako prelomi napola, a bila je sigurna da će i s njom uskoro biti tako. Sa zida su se počeli otkidati veliki komadi žbuke i padati joj na glavu.

– AAAAAAOOOO AAAAAUUUUU AAAAUUUUUU HHHHHHHH JOOOOOOO OOOOOJ!!!!!

– jaukala je Zoe.

Na zidu se pojavila golema pukotina.

KRRRRRAAAA KRRRRRRRRK

KRAAAKA
AAAAAAA
KRRRRRRRR
KKKKKKKK!!!!!

Zoe je osjetila kako odjednom cijeli zid popušta. U trenu se strovalio na pod podigavši pravi uragan prašine.

BADA

BBBBBBB

UUMMMMM

MMMMMMM

!!!!!!!!!!!!!!!!!!!!!!!

UUUUUU
MMMMMMM
MMM!!!!!!!!

Buka je bila zaglušna, a Zoe je pred očima sve postalo posve bijelo. Izgledalo je otprilike ovako:

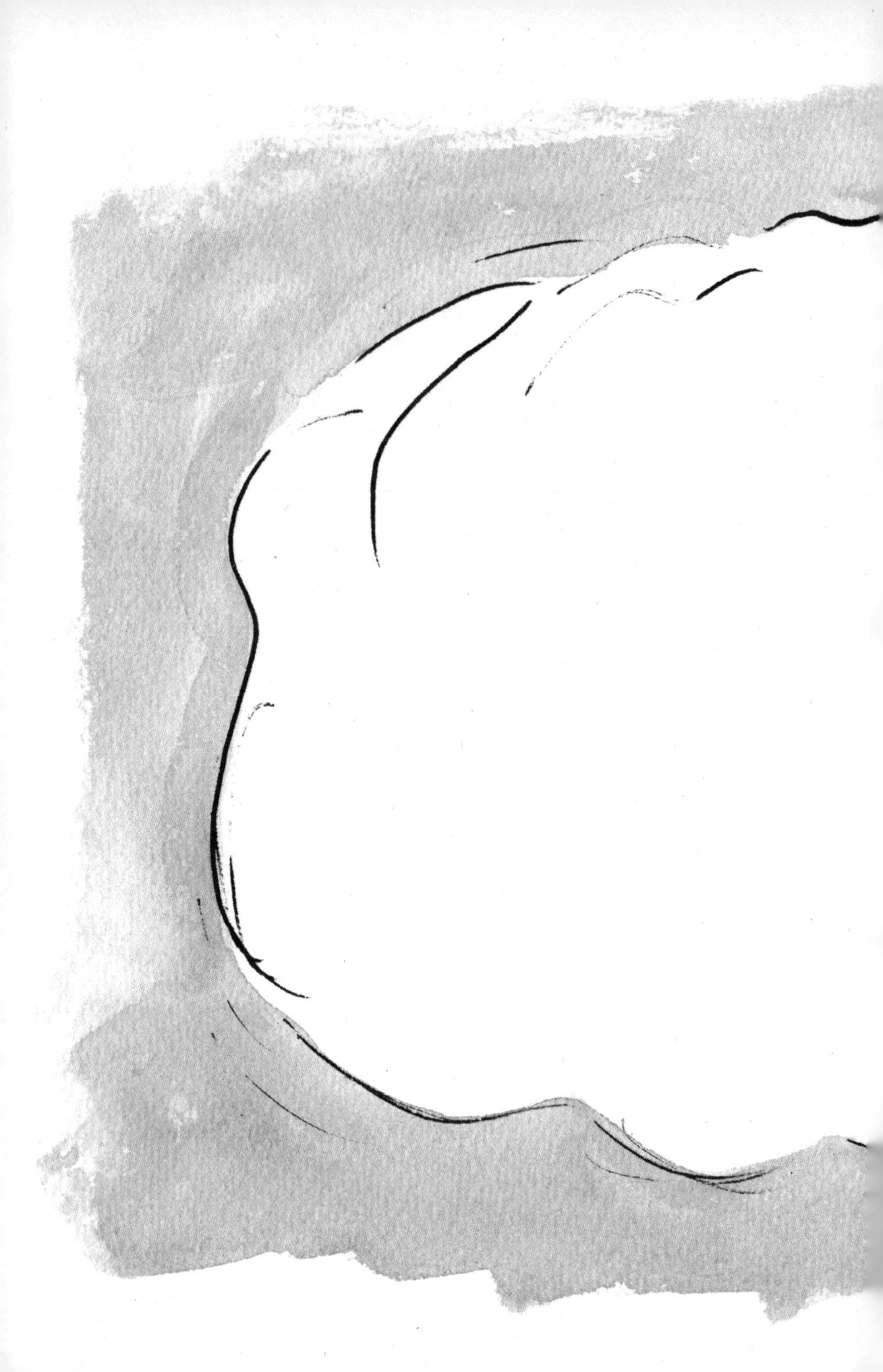

21

Usijana guza

Činilo se da je pala bomba, ali Zoeine su ruke i noge napokon bile slobodne. Negdje iz oblaka prašine koji je prekrio njihovu, sada zajedničku, sobu, dopiralo je Tinino i maćehino kašljanje. Zoe je znala da ima samo nekoliko sekundi za bijeg pa je jurnula koliko je noge nose. Budući da nije vidjela ni prst pred nosom, očajnički je tapkala u potrazi za kvakom. Otvorila je vrata i izletjela na hodnik.

Posve dezorijentirana od eksplozije prašine, tek je sada shvatila da trči kroz Tinin stan. Bio je još u bjednijem stanju od Zoeina. Nije bilo pokućstva ni tepiha vrijednih spomena. Tapete su se ljuštile sa zidova i posvuda se osjetio miris vlage. Činilo se da u vlastitu stanu žive poput beskućnika.

Kako bilo, sad nije bio pravi čas za preuređenje doma, čak niti za ono petnaestminutno, kao na telki. Zoe je za nekoliko sekundi pronašla ulazna vrata. Dok je njezino sitno srce tuklo brže no ikada, očajnički ih je pokušavala otključati. Ruke su joj drhtale i nikako nije mogla okrenuti kvaku.

Uto su, iz oblaka prašine iza njezinih leđa, istetu-rale dvije čudovišne, jezovite spodobe. Bile su trome i ogromne, posve bijele, ali širom otvorenih usta iz kojih su se prolamali urlici i iskolačenih, od bijesa za-krvavljenih očiju. Kao da su pobjegle iz horora.

– AAAAAAR AAARRRHHHHHH!

– vrisnula je Zoe.

Zatim je shvatila da su to Tina i njezina maćeha, od glave do pete prekrivene bijelom prašinom.

– AAAAAAAAA ARRRRRHHHHHH!

– vrisnula je Zoe.

– DOLAZ' 'VAMO! – dreknula je Sheila.

– ZAVRNIT' ĆU TI ŠIJOM! – zagrmjela je Tina.

Zoeine su ruke još snažnije zadrhtale, ali u zadnji čas uspjela je otvoriti vrata. Dok se Zoe provlačila kroz vrata, četiri su je debele ručetine prekrivene bijelom prašinom zgrabile za odjeću i rasparale joj blejzer. Zoe se nekako uspjela osloboditi i zalupiti za sobom vrata. Bezglavo jureći hodnikom zgrade, Zoe je shvatila da su oba izlaza iz velikog, nakrivljenog nebodera, stubište i lift, stupice u kojima će je zasigurno uhvatiti.

Uto se Zoe sjetila da se na udaljenom kraju zgrade nalazi nekakva skela.

Nadajući se kako postoji način da se nekako spusti do prizemlja, pojurila je prema njoj. Otvorila je prozor i izišla na skelu, a zatim zatvorila za sobom prozor. Žestok nalet vjetra zatresao je tanke daske pod njezinim nogama. Pogledala je dolje. Trideset sedam katova! Čak su i autobusi na ulici izgledali sićušni, poput najmanjih igračaka. Zoe se zavrtjelo u glavi. Postajalo je sve jasnije kako je to strašno loša zamisao.

Kako bilo, iza njezinih su leđa Tina i Sheila priljubile bijesna lica uz staklo i šakama lupale po prozoru.

Zoe je bez razmišljanja potrčala skelom duž vanjskoga zida zgrade dok su se maćeha i Tina tukle oko toga koja će prva izići na skelu da je uhvati. Na kraju drvene platforme nalazila se golema, plastična cijev koja se spuštala niz svih trideset sedam katova do golemog, građevinskog kontejnera. Zoe je pomislila da podsjeća na vodeni tobogan, premda je postavljena da bi se za vrijeme popravka pročelja sav otpadni materijal na siguran način mogao spustiti u kontejner.

Bio je taman dovoljno širok za sitnu djevojčicu.

Osvrnuvši se, Zoe je vidjela da su Tina i maćeha samo nekoliko koraka iza nje. Duboko je udahnula i skočila u cijev. Crvena ju je plastika okruživala sa svih strana dok je jurila nezamislivom brzinom, sve vrijeme vrišteći iz petnih žila. Dublje, dublje i dublje. Zar nema kraja? Jurcala je sve dublje i dublje okrećući se oko svoje osi, klizila sve brže i brže prema tlu. Djevojčica još nikada nije bila na vodenom toboganu pa joj se na trenutak ta vrtoglava jurnjava prema dnu učinila zabavnom. Ali na ovom toboganu nije bilo vode, pa joj je guza postajala sve vrelija i vrelija, tarući se o plastiku.

A zatim je, bez ikakvog upozorenja, vožnja završila pa je djevojčica iz cijevi izletjela ravno u kontejner. Ondje se, nasreću, nalazio stari madrac kojega je netko protuzakonito odložio među građevinski otpad pa joj je ublažio slijetanje. Dok joj se užarena stražnjica polako hladila, Zoe je podigla pogled prema skeli.

Ugledala je svoju debelu maćehu zaglavljenu na otvoru cijevi, dok je Tina iz sve snage pokušava progurati, upirući se svom težinom o Sheilinu ogromnu guzicu. Gurala je i gurala iz petnih žila, ali Sheilino je tijelo jednostavno bilo preširoko. Zoe nije mogla zatomiti smijeh. Bila je na sigurnom, barem nakratko. Ipak, znala je da je njezino voljeno biće u smrtnoj opasnosti. Ako Armitagea ubrzo ne pronađe, bit će satrt.

22

Gratis pljuvačka

Tek kad je vidjela svoj odraz u izlogu dućana, Zoe je shvatila da je i sama od glave do pete prekrivena prašinom, kao Tina i Sheila. Do tada se pitala zašto je prolaznici čudno gledaju, a djeca u kolicima čim je vide briznu u plač, tako da ih njihove ponovno trudne majke moraju odgurati na drugu stranu ulice.

Obrisavši prašinu s malog, plastičnog sata, doznala je da je vrijeme ručka. Burtov kombi bit će parkiran pred školskim igralištem kao uvijek, a on će pržiti one svoje toksične hamburgere.

Prašina joj se skorila u grlu, a Zoe je ionako bila očajno žedna pa je odlučila malo skrenuti s puta.

DING!

– Oho, pa to je gospođica Zoe! – uzviknuo je Raj. – Zar je već fašnik?

– Ovaaj, nije baš... – procijedila je Zoe. – Danas je u školi, ovaaaj, "dan bez školske uniforme", znate, pa možemo odjenuti što god poželimo.

Raj je odmjerio prašnjavu djevojčicu. – Oprosti, molim te, ali u što si se ti to preodjenula?

– U Prašinarku.

– Prašinarku?

– Da, u Prašinarku. Znate, ona vam je superjunakinja iz stripa.

– Nikad čuo.

– Jako je popularna.

– Prašinarka, ha? Koje supermoći ima? – upitao je Raj, iskreno zainteresiran.

– Jako dobro briše prašinu – odgovorila je Zoe, sada već očajnički želeći promijeniti temu.

– Tja, morat ću potražiti neki od tih stripova.

– Aha, a mislim da će iduće godine o njoj snimiti i film.

– Siguran sam da će biti veliki kino-hit – odvratio je Raj, premda je bilo očito da nije sto posto uvjeren. – Ljudi jako vole gledati kad netko briše prašinu. Ja pogotovo.

– Raj, mogu li dobiti malo vode, molim vas?

– Naravno, gospođice Zoe, što god poželiš. Boce su u hladnjaku.

– Čaša vode iz slavine bit će i više nego dovoljna.

– Ne, inzistiram da se poslužiš vodom iz hladnjaka.

– Dobro, hvala vam.

– Nema na čemu – sa smiješkom je rekao Raj.

Zoe je obišla pult i odabrala jednu bočicu vode. Veći je dio iskapila, a zatim se ostatkom umila. Smjesta se osjetila sto puta bolje.

– Hvala vam, Raj, jako ste dobri prema meni.

– Pa kad si ti jedna jako posebna djevojčica, gospođice Zoe. I to ne samo zato što si riđokosa. Možeš li mi dodati praznu bocu, molim lijepo?

Prosipajući prašinu po njegovu dućančiću, Zoe je bočicu vratila Raju, a on ju je odnio iza šarene plastične zavjese u dnu dućana. Zoe je čula kako je iz slavine potekla voda, a Raj se nakon nekoliko trenutaka ponovno pojavio i pružio joj punu bocu.

– Ako bi bila toliko ljubazna da je vratiš u hladnjak, molim lijepo – nasmiješeno joj je rekao.

– Ali prekrivena je prašinom, a na grliću ima moje sline.

– A što je najljepše u cijeloj toj priči, slinu dajem potpuno besplatno! – pobjedonosno je uskliknuo Raj.

Zoe je pogledala trgovca, a zatim poslušno vratila bocu odakle ju je i uzela.

– Doviđenja, Raj.

– Doviđenja, ovaaj, Prašinarko. I svako dobro!

DING!

Sada se Zoe i sama osjećala pomalo kao superjunakinja, pa makar joj jedina supermoć bila brisanje prašine. Kako bilo, i ona se, poput ostalih superjunaka, borila protiv zlikovaca.

Žustro brzajući ulicom i ostavljajući za sobom oblak prašine, Zoe je ubrzo primijetila Burtov kombi. Kao uvijek, bio je parkiran pred školskim igralištem, a ulicom je već vijugao red nestrpljive djece. Prilazeći mu s druge strane ulice, vidjela je da na kombiju stoji natpis "BURTOVA SLUŽBA ZA DERATIZACIJU".

Baš neobično, pomislila je. Zoe se sakrila iza hrđavog, izudaranog školskog znaka i pričekala da zvono oglasi kraj velikog odmora. Nije smjela riskirati da je netko vidi u blizini škole dok je udaljena s nastave. To bi moglo dovesti i do trajnog izbacivanja iz škole. ZZZVVRRRRRRNNNNDDD ZZZZZVVVVVRRRNNNNNDD. Zvono je napokon zazvonilo i Burt je poslužio svoju posljednju mušteriju, štrcnuvši neobično taman kečap na hamburger koji ni pas s maslom ne bi pojeo. Zoe je pretrčala ulicu i sakrila se s druge strane kombija, okrenutoj prema nogostupu. Pogledavši natpis s te strane, vidjela je da piše "BURTOVI HAMBURGERI".

– Sve je to jako, jako sumnjivo – šapnula je Zoe sebi u bradu. Na jednoj je strani kombija pisalo "BURTOVA SLUŽBA ZA DERATIZACIJU", a na drugoj "BURTOVI HAMBURGERI".

Zoe se zagledala u kombi. Ta se gnjusoba služila istim kombijem za hvatanje štakora i prženje hamburgera! Zoe nije bila stručnjakinja, ali bila je sigurna da bi Državna sanitarna inspekcija bila jako nezadovoljna da to vidi. Ako ništa drugo, zaradio bi oštar ukor.

Kombiju se pokrenuo motor, a Zoe se prikrala do stražnjih vrata, tiho ih otvorila i uskočila unutra.

Nečujno ih je zatvorila za sobom i legla na hladan, metalni pod.

Kombi je krenuo i odvezao se ulicom.

Zajedno sa skrivenom Zoe.

23

Stroj za satiranje!

Zoe je u visini svojih očiju vidjela goleme vreće trulih pljeskavica iz kojih su na sve strane mililі crvi. Rukom je prekrila usta da ne bi vrisnula, povratila, ili oboje istodobno.

Kombi je jurio gradom. Čula je kako karoserijom struže po ostalim automobilima i panično trubljenje ostalih sudionika u prometu kad bi kombi projurio kroz crveno. Zoe je podigla glavu i kroz maleno okno užasnuto promatrala kaos i pustošenje koje su za sobom ostavljali, a odlomljene retrovizore da i ne spominjemo. Burt je vozio toliko neoprezno da se pobojala kako će oboje u sudaru izgubiti glavu.

Kombi je jurio takvom brzinom da su se za tren oka našli u predgrađu, usred goleme, napuštene industrijske zone. Nebo su zaklanjala nepregledna, prazna skladišta koja su izgledala kao da će se svakog trenutka srušiti, a kombi se ubrzo zaustavio pred zdanjem koje je bilo u još gorem stanju od ostalih. Zoe je provirila kroz prozorčić poprskan mašću. Skladište je sličilo divovskom avionskom hangaru.

Zoe je duboko udahnula a zatim se sve smračilo kada se Burt provezao kroz vrata. Čim se kombi s trzajem zaustavio, iskočila je kroz stražnja vrata i sakrila se pod njega. Pokušavajući disati što tiše, ogledala se po tom divovskom prostoru. Bili su tu kavezi i kavezi prepuni štakora, svi naslagani jedan na drugoga. Činilo se da ih ima na tisuće, a svi su čekali satiranje.

Pokraj kaveza stajala je kanta puna žohara s naljepnicom na kojoj je pisalo jednostavno: "Kečap".

Hvala dragome Bogu što nikada nisam niti takla Burtov hamburger, pomislila je Zoe. Bez obzira na to, bilo joj je zbilja zlo.

Usred skladišta stajale su prljave, stare ljestve koje su vodile do nekakvog ogromnog stroja. *To mora da je stroj za satiranje!* pomislila je Zoe. Bio je star i hrđav, izgledao je kao da je sklepan od dijelova automobila s otpada, komada starih hladnjaka i mikrovalnih pećnica. Sve je bilo oblijepljeno ljepljivom trakom da se ne raspadne.

Dok ga je Zoe iz skrovišta pod kombijem pratila pogledom, Burt je prišao stroju.

Glavni dio te naprave bio je ogromni, metalni lijevak ispod kojega je prolazila dugačka pokretna traka. Nad trakom je visio golemi, drveni valjak za tijesto. Iza njega su, sa svake strane, spremno čekale nekakve metalne ruke, najvjerojatnije načinjene od dijelova starih miksera. S prstiju tih metalnih ruku visjele su svijene željezne cijevi, koje su izgledale kao izrezane vodovodne instalacije ili dijelovi kamionskih auspuha.

Premda je štakorsko cičanje bilo zaglušno, nije moglo nadglasati buku koji je proizvodila ta naprava.

Čim je Burt prišao stroju i potegnuo ručku sa strane da ga uključi (ta je ručka zapravo bila ruka lutke iz izloga), škripa struganja metala s lakoćom je nadjačala cičanje. Cijela je naprava klepetala kao da će se raspasti.

Zoe je kradomice promatrala Burta dok je teška koraka teturao prema kavezu sa štakorima. Sagnuo se i podigao ga – unutra mora da je bilo najmanje stotinu štakora, a među njima možda i Armitage – a zatim se odvukao prema ljestvama, glavinjajući pod teretom. Polako, ali sigurna koraka, uspeo se na ljestve, prečku po prečku. Na vrhu je na trenutak zastao, zatim se nastrani nacerio. Zoe bi najradije bila vrisnula da ga zaustavi, ali nije se usudila odati.

Uto je Burt podigao kavez iznad glave i istresao štakore u stroj!

Poletjeli su zrakom u sigurnu smrt. Jedan štakorčić, ne mnogo veći od Armitagea, grčevito se držao za kavez pokušavajući spasiti živu glavu. Uz smijeh od kojega se ledila krv u žilama, taj mu je zli gad silom odvojio šapicu od rešetke i bacio ga u stroj. Potom se začulo nekakvo grozno drobljenje. Stvarno ih je satro! Iz donjeg dijela stroja prokuljalo je nekakvo mljeveno meso. Meso je na traci spljoštio veliki valjak za tijesto a zatim su one metalne ruke počele udarati o traku i rezati meso u pljeskavice. Te su pljeskavice potom putovale do kraja pokretne trake i padale u prljavu kartonsku kutiju.

Sada je Zoe uistinu potjeralo na povraćanje.

Burtova je čudovišna tajna izišla na vidjelo.

Slutite li koja je to tajna, dragi čitatelji? Nadam se da vam je sve jasno: već i sam naslov romana mnogo toga otkriva.

Upravo tako. Svoje hamburgere spravljao je od štakora!

Možda ste, dragi čitatelji, i sami pojeli neki od tih hamburgera, a da pojma niste imali što jedete...

– Neeeeeeeeeeeeeeeee! – vrisnula je Zoe. Djevojčica si nije mogla pomoći, ali time se, na svoju katastrofalnu nesreću, odala.

24

Hamburger od djetetine

– Ha ha ha! – rekao je Burt, ne smijući se.

Brzim je korakom krenuo prema Zoe, njušeći i trzajući nosom u njezinu smjeru. Zoe se uplašila da je i sama u smrtnoj opasnosti baš kao štakori.

– Iziđi, djevojčice! – viknuo je. – Nanjušio sam te još u kombiju. Imam nevjerojatno razvijeno osjetilo njuha. Mogu nanjušiti štakora, ali i djecu!

Zoe se otkotrljala iz skrovišta pod kombijem i potrčala prema vratima skladišta, ali već je i odavde vidjela da su zatvorena i zaključana. Mora da ih je Burt zalupio nakon što je parkirao. Okrutni je tip hodao za njom, vukući se s noge na nogu. Uopće se nije trudio trčati za njom, zbog čega je djelovao još strašnije – dobro je znao da je Zoe u stupici.

Zoe je pogledala kaveze sa štakorima. Ondje mora da je bilo natiskano na tisuće tih sirotih životinjica. Kako li će, zaboga, među svima njima pronaći malenog Armitagea? Morat će ih jednostavno *sve* osloboditi. Ali sada je, međutim, prema njoj koračao zlosretni ubojica štakora, pri svakom koraku sve jače i grozničavije trzajući nosom.

Ne skidajući pogled s njega, Zoe je uza zid napipala put do golemih kliznih vrata i počela petljati sa zasunom, očajnički pokušavajući pobjeći.

– Mičite se od mene! – vrisnula je, još paničnije petljajući po vratima u pokušaju da ih otvori.

– A što ako neću? – prosiktao je Burt, prilazeći sve bliže. Već je prišao toliko blizu da ju je zapahnuo njegov smrad.

– Onda ću svima reći što ovdje radite. Meljete štakore u pljeskavice!

– O ne, nećeš.

– O da, hoću.

– O ne, nećeš.

– O da, hoću.

– O da, hoćeš – rekao je Burt.

– O ne, neću!

– Aha! – rekao je Burt. – Jesam te! Čim sam te onomad vidio u stanu, znao sam da ću s tobom imati pune ruke posla. Zato sam te i *pustio* da se ušuljaš u kombi i dođeš u moju tajnu jazbinu.

– Cijelo ste vrijeme znali da sam unutra?

– Naravno, izdaleka sam te nanjušio! A sada ću te samljeti u pljeskavicu. Tako prolaze sva zločesta derišta koja zabadaju male nosove u tuđa posla.

– Neeeee! – vrisnula je Zoe, još uvijek očajnički pokušavajući otvoriti hrđavi zasun. Ključ je bio u lokotu, ali toliko je zahrđao da ga, koliko god se mučila, nije uspjela pomaknuti ni milimetar.

– Ha ha – prosiktao je Burt. – Moj prvi hamburger od mljevene djetetine!

Ispružio je ruku da je zgrabi – Zoe mu se izmaknula, ali njegova golema, dlakava šaka dograbila ju je za pramen kovrčave, riđe kose. Zamlatarala je rukama pokušavajući natjerati lovca na štakore da popusti stisak. Uto joj je njegova druga ručetina pala na rame i čvrsto ga stegnula.

Zoe mu je opalila snažan šamar posred lica, tako da su mu tamne naočale poletjele zrakom i tresnule na pod.

– NE! – dreknuo je Burt.

Zoe je podigla glavu da ga pogleda u oči, ali njih nije bilo.

Na mjestu gdje je trebao imati oči, Burt je imao tek dvije prazne, kao ponoć crne očne duplje.

– AAAAAAAA RRRRGGGGHH! – užasnuto je vrisnula Zoe. – Pa vi *nemate* oči?!

– Tako je, dijete, potpuno sam slijep.

– Ali... nemate ni psa vodiča ni bijeli štap, ništa.

– Ništa mi ni ne treba – ponosito je rekao Burt. – Imam ovo. – Potapšao se po nosu. – Zato sam najbolji lovac na štakore na cijelome svijetu, čak i u povijesti.

Zoe se na trenutak prestala opirati. Sledila se od straha. – Molim? Kako to?

– Budući da nemam očiju, dijete drago, razvio sam oštro osjetilo njuha. Mogu nanjušiti štakora s udaljenosti od nekoliko kilometara. Pogotovo onakvu slatku štakorsku bebicu poput tvoje.

– Ali... ali... ali... vi vozite kombi! – procijedila je Zoe. – Ne možete voziti ako ste slijepac!

Burt se nasmiješio, pokazavši prljavo umjetno zubalo. – Posve je lako voziti bez očiju. Jednostavno slijedim nos.

– Zgazit ćete nekoga!

– U punih dvadeset pet godina otkako vozim, pregazio sam samo pedeset devet ljudi.

– Pedeset devet?!

– Znam, znam, ni spomena vrijedno. U nekoliko sam slučaja, dakako, morao ubaciti u rikverc da ih dokrajčim.

– Ubojico!

– Što se može. Znaš, ako ne prijaviš nesreću, ne gubiš bonus kod obveznog osiguranja.

Zoe se zagledala u duboke, crne duplje na njegovu licu. – Što vam se, zaboga, dogodilo s očima? – Znala je, naravno, da su neki ljudi rođeni slijepi, ali Burt uopće *nije imao* oči.

– Prije mnogo godina, radio sam sa životinjama u laboratoriju – počeo je Burt.

– Što ste radili? – prekinula ga je Zoe.

– Provodio sam pokuse na životinjama, uglavnom za medicinska istraživanja. Ali ostajao sam i nakon radnog vremena da bih provodio neke sitne, vlastite pokuse!

– Kakve pokuse? – upitala je Zoe, sluteći da će odgovor nesumnjivo biti gnjusan.

– Čupao sam noge muhama, zakucavao mačkama repove o pod, za uši vješao zečeve na vješalice, tek onako, iz fore.

– Iz fore? Vi ste bolesni.

– Znam – ponosno je odvratio Burt.

– Ali to ne objašnjava kako ste izgubili oči.

– Strpljenja, dijete. Jedne sam noći u laboratoriju ostao do sitnih sati. Bio mi je rođendan pa sam, da proslavim, namjeravao umočiti štakora u posudu s kiselinom.

– Ne valjda!

– Ali prije negoli sam uspio ubaciti tu živinu u kiselinu, beštija me ugrizla za ruku. I to jako. Tom sam rukom držao posudu. Od bola sam se trznuo pa mi je kiselina prsnula u oči i cijele ih izjela u dupljama.

Zoe je zanijemjela od užasa.

– Od toga dana – nastavio je Burt – satirem svakog štakora koji mi dopadne šaka. A sada ću isto morati napraviti i tebi jer si se drznula gurati nos u moja posla, baš kao prava mala štakorica.

Zoe se na trenutak zamislila. – Znate, dobili ste što ste zaslužili – prkosno je odgovorila – rekla bih da ste pokusali ono što ste sami zakuhali.

– Ne, ne, ne, drago dijete – rekao je Burt. – Upravo suprotno. Tek ću sada pokusati ono što skuham. A to ćeš, dijete, biti ti!

25

Pregažena mačka

S jednom rukom još na lokotu, Zoe je napokon uspjela okrenuti ključ. Zabacila je glavu preko ramena i, povevši se za primjerom onog laboratorijskog štakora, zarila zube u Burtovu ruku najjače što je mogla.

– AUUUUUJUUUJUUUJ OOoOJJJJ!!!!!!! – vrisnuo je taj zlonamjerni gad, a ručetina mu je refleksno poskočila s njezina sićušna ramena i pritom joj iščupala punu šaku riđih vlasi. Zoe je svom snagom povukla divovska, željezna vrata skladišta i izjurila u industrijsku zonu.

Cijelo je mjesto bilo napušteno, a boležljiva, žućkasta svjetlost lampi obasjavala je široke, puste ulice od raspucana betona. Iz raspuklina je nicao korov.

Ne znajući kojim bi putem krenula, Zoe se jednostavno dala u trk. Trčala je i trčala, koliko je noge nose. Trčala je tolikom brzinom da se pobojala kako će se saplesti o vlastita stopala. Ni o čemu nije razmišljala, samo je željela pobjeći što dalje od Burta. Skladište je, međutim, bilo toliko veliko da mu nije uspjela zamaći za ugao.

Ne usuđujući se osvrtati, čula je kako Burt pokreće kombi i, stružući mjenjačem, ubacuje u brzinu. Sada je Zoe za petama bio slijepac za volanom. Naposljetku se ipak osvrnula i vidjela kako je kombi potpuno promašio otvorena vrata i zabio se u zid skladišta...

SKKKKRRRRRRK
KKKKKKRRTRRRAA
AAŠŠŠŠŠŠŠŠŠŠšš

ŠŠŠŠŠŠŠšššššššŠŠŠ!!!!!!!!!!!!!!!

Ali sudar ga nije zaustavio. Kombi je, štoviše, punom brzinom jurnuo na nju.

Zaškiljivši, Zoe je iza vjetrobranskog stakla ugledala dvije crne rupe na mjestima gdje su nekoć bile Burtove oči. Točno pod njima, nos mu se grozničavo trzao uvlačeći zrak, a mirisni je radar sigurno sada podesio na otkrivanje malih, riđih djevojčica.

Kombi se zaletio ravno prema njoj, iz sekunde u sekundu jureći sve brže. Zoe mora nešto poduzeti, inače će završiti poput zgažene mačke na cesti.

I to brzo.

Poletjela je nalijevo, ali i kombi je brzo skrenuo ulijevo. Sunula je udesno, ali i kombi se naglo zanio na tu stranu. Iza upravljača, Burtov se zluradi cerek raširio od uha do uha. Jurio je sve bliže ostvarenju svojeg cilja, prvog hamburgera od mljevene, riđokose curice.

Ubrzo je kombi ubacio u višu brzinu i počeo dostizati Zoe, koja je trčala koliko su je kratke nožice nosile. Pred sobom je spazila nekoliko kanti za smeće pokraj kojih je ležala hrpa zaboravljenih vreća punih smeća. Mozak joj je radio brže od nogu pa je smislila plan...

Zoe je dotrčala do kanti i podigla jednu posebno tešku vreću. Kada se kombi zaletio na nju, bacila je vreću pod kotače. Kada je vreća udarila o branik, Zoe je ispustila krik od kojega se ledila krv u žilama, kao da je upravo pregažena.

– AAAAAARRR GGGGGRRRAAA!!!!!!!!

Burt je smjesta ubacio u rikverc, nesumnjivo je želeći još jednom pregaziti kako bi bio siguran da je mrtva.

Motor je zavrištao, a s njim i Zoe. Kombi je ponovno prešao preko vreće.

Burt je zatim iskočio iz kombija i trznuo nosom pokušavajući nanjušiti gdje leži beživotno tijelo male djevojčice. Dotična se mala djevojčica, u međuvremenu, odšuljala na prstima, provukla se ispod žičane ograde do pustoši na rubu grada gdje je, bez osvrtanja, potrčala.

Kada više nije mogla sprintati, nastavila je trčati, a kada više nije mogla niti trčati, hodala je. Dok je hodala, duboko je i dugo razmišljala o idućem potezu. Zoe je svjedočila tome da slijepac koji vozi kombi spravlja hamburgere od štakora. Tko bi joj mogao povjerovati? Tko bi joj mogao pomoći? *Trebala* je pomoć. Nije bilo šanse da Burta sredi bez ičije pomoći.

Neki nastavnik? Ne. Naposljetku, bila je isključena s nastave i zabranjeno joj je dolaziti u školu. Kad bi u nju samo promolila nos, ravnatelj bi je zauvijek izbacio.

Raj? Ne. On se strašno boji štakora. Čak ga je i slatka štakorska beba natjerala u paničan bijeg niz ulicu.

Ničim ga ne bi uspjela natjerati da zakorači u ono skladište, među tisuće štakora.

Policija? Ne. Nikada ne bi povjerovali u Zoeinu nevjerojatnu pripovijest. Za njih bi bila samo još jedna djevojčica iz sumnjiva naselja, isključena s nastave, koja se lažima pokušava iskobeljati iz nevolja u koje je zapala. Budući da Zoe ima tako malo godina, policija bi je smjesta otpravila kući, ravno u ruke zloj maćehi.

Postojala je samo jedna osoba kojoj se mogla obratiti za pomoć.

Tata.

Već se odavna prema njoj nije ponašao kao pravi otac, koji joj po povratku s posla daje da iskuša nevjerojatne okuse sladoleda ili se s njom igra u parkiću. Ali, Sheila nije bila u pravu kad je rekla da je tata ne voli, zato što ju je oduvijek volio. Samo ga je tištala tolika tuga da to više nije mogao pokazati.

Zoe je znala gdje će ga pronaći.

U pivnici.

Ali tu se krio i najveći problem. Djeci je zakonom zabranjen ulaz u pivnice.

26

Krvnik i sjekira

Zoein je tata svakoga dana odlazio u jednu te istu birtiju, pivnicu s ravnim krovom na samom rubu naselja, nad čijim je vratima visio križ svetoga Jurja, a pred njima je bio vezan krvoločni rotvajler. Nije to bilo mjesto za male djevojčice. Čak je i zakon zabranjivao ulaz mlađima od šesnaest godina.

Zoe je imala dvanaest. Da stvar bude još gora, bila je sitna za svoje godine i djelovala mlađe.

Pivnica se zvala "Krvnik i sjekira", a unutrašnjost je bila gora i od samoga imena.

Pažljivo zaobišavši rotvajlera pred vratima, Zoe je provirila kroz napukli prozor pivnice. Vidjela je čovjeka nalik na njezina oca kako sjedi sam, glave naslonjene na stol, s polupraznom kriglom u ruci. Mora da je zadrijemao usred pivnice. Šakom je pokucala po napuklom staklu, ali on niti da mrdne. Zoe je potom pokucala snažnije, ali tata se nije prenuo iz sna.

Zoe nije preostalo ništa drugo doli prekršiti zakon i ući u pivnicu. Duboko je udahnula i podigla se na prste kako bi izgledala malo viša, premda nije bilo izgleda da itko povjeruje kako ima dovoljno godina za ulazak.

Kada su se vrata širom otvorila, nekoliko je debelih ćelavaca u nogometnim dresovima engleske reprezentacije okrenulo glave, a zatim spustilo pogled na Zoeinu visinu. U pivnici jedva da je bilo mjesto i ženama, a kamoli djevojčicama.

– Ej, briši odavde! – zagalamio je kozičavi gazda. I njegovo je tjeme bilo ćelavo, premda je sa svake strane bilo okruženo s nekoliko rijetkih vlasi vezanih u rep. Na čelu je imao tetovirano ime nogometnog kluba

West Ham. Zapravo, nije pisalo "WEST HAM", nego "MAH TSEW". Očito se sam tetovirao pred ogledalom pa je ime napisao naopačke.

– Neću – rekla je Zoe. – Došla sam po tatu.

– Ne zanima me! – odbrusio joj je gazda. – Van! Van iz moje pivnice!

– Ako me izbacite, prijavit ću policiji da služite piće maloljetnicima!

– Kako to misliš, vrag te crni odnio? Kojim maloljetnicima?

Zoe je otpila gutljaj iz krigle nekog krezubog starca s obližnjega stola. – Meni! – pobjedonosno je rekla prije negoli joj je od odurnog okusa alkohola odrvenio jezik, a želudac joj se odjednom stao okretati kao lud.

Kozičavi tip s repićem očigledno je ostao zatečen takvim razvojem događaja pa je na trenutak zanijemio. Zoe je prišla tatinom stolu.

– TATA! – viknula je. – TATA!!!

– Ha? Gdje gori? – rekao je prenuvši se iz sna.

Zoe mu se nasmiješila.

– Zoe? Koga vraga tražiš ovdje? Nemoj mi reći da te mama poslala.

– Nije mi mama i nije me poslala.

– Zašto si onda tu?

– Trebam tvoju pomoć.

– Kakvu?

Zoe je duboko udahnula. – Ima jedan tip u skladištu na rubu grada koji će, ako ga smjesta ne zaustavimo, samljeti mojega kućnog ljubimca, štakora, i od njega napraviti hamburger.

Tata očigledno nije povjerovao ni riječ pa je napravio facu iz koje se dalo pročitati kako vjeruje da mu kćerki fali daska u glavi. – Štakor kućni ljubimac? Hamburger? Zoe, priberi se. – Tata je zakolutao očima. – Zafrkavaš me!

Zoe se zagledala tati u oči. – Tata, jesam li ti ikada lagala? – upitala je.

– Ha, čuj, ovaaaj...

– Jako je važno, tata. Razmisli malo. Jesam li ti ikada lagala?

Tata se na trenutak zamislio. – Jednom, kad si rekla da ću pronaći novi posao...

– I pronaći ćeš ga, tata, samo se ne smiješ predati.

– Odavna sam se predao – žalosno je rekao tata.

Zoe se zagledala u oca, kojega je život toliko pregazio. – Ali ne mora biti tako. Zar smatraš da bih i ja trebala dići ruke od svojega sna o nastupima s dresiranim životinjama?

Tata se namrštio. – Ne, naravno da ne.

– Zašto se onda nas dvoje ne bismo dogovorili da nikada ne odustanemo od svojih snova? – rekla je Zoe. Tata je nesigurno kimnuo. Zatim je, osjetivši priliku, krenula u napad. – Upravo zato moram spasiti svojega štakora. Dresirala sam ga – već je naučio gomilu trikova. Bit će nevjerojatan.

– Ali... skladište? Hamburgeri? Sve mi je to teško povjerovati.

Zoe se zagledala duboko u tatine krupne, sjetne oči. – Ne lažem ti, tata. Časna riječ.

– Znam, ali ipak... – protisnuo je.

– Nema tu nikakvog "ali", tata. Trebam tvoju pomoć. I to smjesta. Taj je tip prijetio da će me samljeti u hamburger.

Na tatinom se licu pojavio užasnut izraz. – Molim? Zar tebe?

– Tako je.

– Ne samo štakore?

– Ne.

– Moju malu curicu? U hamburger?

Zoe je kimnula, polako i odlučno.

Tata je ustao sa stolca. – Kakav zlikovac. Platit će mi. A sada... samo da saspem još jednu kriglu pa idemo.

– Ne, tata, moramo krenuti iz ovih stopa.

Upravo je u tom trenutku tati zazvonio mobitel. Na zaslonu se pojavilo ime pozivatelja. Pisalo je "Aždaja".

– Tko je Aždaja?

– Tvoja mama. Hoću reći, Sheila.

Znači, tata je Sheilu u mobitel upisao pod imenom Aždaja. Zoe se, prvi put nakon sto godina, nasmiješila.

Zatim joj je na um pala grozna pomisao. S njom je možda i Burt!

– Ne javljaj se! – zamolila ga je.

– Kako to misliš "ne javljaj se"? Odrat' će mi kožu ako se ne javim! – Pritisnuo je gumb i javio se.

– Da, ljubavi? – rekao je tata neuvjerljivo umilnim glasom. – Tvoja pokćerka?

Djevojčica je žestoko odmahnula glavom.

– Ne, ne, nisam je vidio... – slagao je tata. Zoe se oteo uzdah olakšanja.

– Zašto pitaš? – upitao je.

Tata je nekoliko trenutaka slušao a zatim prekrio rukom mikrofon da Sheila ne bi čula što govori. – U stanu je nekakav deratizator i traži te. Kaže da ti vraća kućnog ljubimca neozlijeđenog. Želi ti ga osobno predati. Kako bi bio siguran da mu se ništa neće dogoditi.

– To je stupica – šapnula mu je Zoe. – To je tip koji me pokušao ubiti.

– Ako je vidim, smjesta ću te nazvati, ljubavi moja. Pa-pa!

Zoe je čula kako maćeha još nešto urla u slušalicu dok tata nije prekinuo vezu.

– Tata, smjesta moramo do njegova skladišta. Ako potrčimo, stići ćemo prije njega i spasiti Armitagea.

– Armitagea?

– Tako se zove moj štakor.

– Aha, dobro. – Tata se zamislio. – A zašto se tako zove?

– Duga je to priča. Dođi, tata, idemo. Nemamo vremena za bacanje...

27

Rupa u ogradi

Zoe je izvela tatu iz pivnice, zaobišla rotvajlera i izišla na ulicu. Tata je, klateći se, na trenutak zastao pod narančastom uličnom svjetiljkom. Zagledao se kćeri u oči. Zavladao je muk. A zatim: – Jako me strah, ljubavi – rekao je tata.

– I mene isto. – Zoe je nježno uhvatila tatinu ruku i zadržala je u svojoj. Prošli su mjeseci otkako su se posljednji puta držali za ruke, možda čak godine. S tatom se nekoć bilo najljepše maziti, ali nakon mamine smrti povukao se duboko u sebe i više nikada nije izišao.

– Ali zajedno ćemo uspjeti – rekla je Zoe. – Znam da hoćemo.

Tata je spustio pogled na kćerkinu ručicu, toliko malenu u njegovoj, a oči su mu se napunile suzama. Zoe ga je ohrabrila osmijehom.

– Dođi... – rekla je.

Ubrzo su već trčali osvijetljenim ulicama, a osvijetljeni i tamni dijelovi pločnika sve su se brže i brže smjenjivali pod njihovim nogama.

– A taj luđak, kažeš, radi štakore od hamburgera? – bez daha je upitao tata.

– Ne, tata. Obrnuto.

– A, da, naravno. Oprosti.

– Ima ogromno skladište u industrijskoj zoni na rubu grada – procijedila je Zoe dok je, sva uspuhana, vukla za sobom tatu za ruku.

– Ondje je nekoć bila tvornica sladoleda u kojoj sam radio! – uzviknuo je tata.

– Jako je daleko.

– Nije. Kad bih kasnio na posao, znao sam otići prečacem. Možemo presjeći ovuda, slijedi me.

Tata je primio kćer za ruku i proveo je kroz rupu u ogradi. Sve je bilo toliko silno uzbudljivo da se Zoe nije mogla prestati smiješiti.

A zatim joj je uzbuđenje splasnulo kad je shvatila da ulaze u veliko smetlište.

Gazeći kroz silno smeće, tata je ubrzo zaglibio do koljena, a Zoe do struka. Zoe je posrnula pa ju je tata podigao na ramena, kao nekoć kada su šetali parkom dok je još bila sasvim mala. Šakama ju je čvrsto držao za gležnjeve.

Zajedno su se probili kroz more vreća za smeće. Ubrzo su se na vidiku pojavila skladišta. Divovsko groblje pustih zgradurina, okupanih jarkom, ogoljelom svjetlošću.

– Evo, tu sam nekoć radio – rekao je tata, pokazavši prstom jedno od skladišta. Na njemu je još visio stari, trošni znak na kojem je pisalo: “TVOR ICA SLA-SNIH SLADOLEDA”.

– Tvorica? – upitala je Zoe.

– Netko je maznuo "N"! – odgovorio je tata, na što su se oboje zahihotali. – Bože dragi, sto godina nisam bio ovdje – rekao je tata.

Zoe je uprla prstom u skladište u čijem je zidu sada zjapila rupa u obliku kombija. – Eno Burtovog skrovišta!

– Super.

– Dođi. Moramo spasiti Armitagea.

Tata i kći prišuljali su se postrance do divovske rupe u zidu. Ušli su i ogledali se po nepreglednom skladištu. Ogromna zgradurina činila se posve pustom, ako ne računamo tisuće i tisuće štakora. Sirote su životinjice još bile stiješnjene u kavezima čekajući da ih snađe zla sudba, odnosno mljevenje u zalogajčić brze hrane.

Burta nije bilo na vidiku – sigurno je još bio u stanu sa Zoeinom zlom maćehom i čekao u zasjedi da je ščepa čim dođe kući. Sto posto mu je slina curila pri samoj pomisli da bi je mogao samljeti u golemi, sočni hamburger.

Zoe i tata sa strepnjom su zakoračili dublje u zgradu gdje je Zoe ocu pokazala grozomoran stroj za satiranje.

– Popne se na ljestve i ubaci štakore u ovaj divovski lijevak a zatim ta sirota mala stvorenja ovaj ovdje valjak razvuče po traci prije negoli ih cijevi izrežu u pljeskavice.

– Vidi vraga! – rekao je tata. – Znači, *stvarno* je istina.

– To ti cijelo vrijeme govorim, ne? – odvratila je Zoe.

– Koji je od svih ovih jadnih, malih sirotana Armitage? – upitao je tata zureći u tisuće prestravljenih glodavaca prignječenih u toj visokoj planini od bezbrojnih kaveza.

– Nemam pojma – rekla je, mjerkajući majušna lišca koja su virila iz naslaganih kaveza. Vidjevši ih ovako na gomili, stiješnjene u visokim, štakorskim neboderima, podsjetili su je na naselje u kojem je živjela sa Sheilom i tatom.

Ako ćemo pravo, pomislila je Zoe, *štakorima je ipak malo gore. Ako ništa drugo, prijeti im opasnost da budu samljeveni u hamburgere.*

– Gdje li se samo sakrio? – rekla je. – Ima jako sladak, ružičast nosić.

– Žao mi je, ljubavi, ali meni svi sliče kao jaje jajetu – odvratio je tata, očajnički pokušavajući pronaći nekoga s posebno ružičastom njuškom.

– Armitage? ARMITAGE! – zazvala je Zoe.

Svi su štakori počeli cijukati. Svaki je od njih želio na slobodu.

– Nema nam druge nego da ih sve oslobodimo – rekla je Zoe.

– Sjajan plan – složio se tata. – Dobro, popni mi se na ramena i otključaj kavez na vrhu.

Tata je podigao kćerkicu i posjeo je sebi na ramena. Ona se, potom, pridržavajući se za njegovu glavu, polako podigla na noge.

Zoe je počela odmatati komadiće metalne žice kojima su kavezi bili zaključani. Samo ih zovem kavezima – svi su zapravo bili načinjeni od starih rešetki za fritezu.

– Kako ide? – upitao je tata.

– Trudim se, tata, zamalo sam uspjela otključati prvi.

– Bravo, mala moja! – doviknuo joj je tata da je ohrabri.

Nažalost, prije negoli je Zoe stigla otvoriti prvi kavez, Burtov kombi, izbubetaniji i izgrebaniji no ikada, uz grmljavinu motora dotutnjao je u skladište, pritom tresnuvši u golema, metalna klizna vrata tako da su odletjela u zrak...

KKKKRRRRA
AAAAKKKKKKKK
RRŠŠŠŠŠŠŠŠŠŠŠŠ!!!!!!!!!!!!!!!

…da bi se potom zaustavio uz škripu kočnica.

Š K R I I I I I I I I

K R I I I I I I I I I I

R R R R R R R R R R R

R R R R R R R R R R R R R

RRRRRRRRRRRR

R R R R R R R R R R R R

R R R R R R R R R R R R R R

RRRRRRRRRRRR

!!!!!!!!!!!!!!!!!!!!!!!!!!

!!!!!!!!!!!!!!!!!!!!

Tata i Zoe našli su se do grla u nebranu grožđu…

28

Otrov za štakore

– Napokon si dolijala! – prosiktao je Burt skočivši s vozačeva sjedala. – A tko li je to s tobom, djevojčice?

Tata je uznemireno pogledao kćer. – Nitko! – rekao je.

– To je ona beskorisna ništarija, moj muž! – rekla je Sheila ispavši iz kombija s druge strane kao zrela kruška.

– Sheila? – zaprepašteno je uzviknuo tata. – Odakle ti ovdje?

– Nisam ti htjela reći, tata – rekla je Zoe spuštajući se s njegovih ramena. – Čula sam njih dvoje kako guguću poput golupčića...!

– Nemoguće! – rekao je tata.

Sheila im se samodopadno nasmiješila. – Šta reć'? Mala guja ima pravo. Kanila sam pobjeć' od tebe u Burtovom kombiju.

Žena se dogegala do lovca za štakore i primila ga za ruku. – Nas ti dva gajimo duboku ljubav jedno prema drugom.

– I prema satiranju štakora – nadovezao se Burt.

– O da, baš im volimo koji put zavrnut vratom!

Pri tim su im se riječima usta spojila u poljubac od kojeg se okretao želudac. Zoe je mislila da će smjesta povratiti.

– Više si mi se sviđ'o s brčinama, Burte – rekla je ta debilna ženturača. – 'Oćeš li ih jopet pustit?

– Odvratni ste! – viknuo je tata. – Kako možete uživati u ubijanju tih jadnih stvorenja!

– Joj, daj začepi gubicu, idiote jedan! – dreknula je Sheila. – Ti su štakori zaslužili krepat', jer su prljave, odurne beštije! – Zatim je na tren zastala i pogledala pokćerku. – Zato sam i tvom hrčku presudila po kratkom postupku.

– Ubila si Puslicu? – vrisnula je Zoe s očima punim suza. – Znala sam!

– Ti zločesta kravetino! – viknuo je tata.

Sheila i Burt uglas su se zacerekali, ujedinjeni u okrutnosti.

– Tako je. Nisam više mogla podnijet' da mi ta zmazana živina skače po stanu. Zato sam mu u klopu umiješala malo otrova za štakore. Ha ha! – nastavila je ta gnjusoba.

– Kako si mogla? – viknuo je tata.

– Joj, ajde umukni više. Bio je to samo 'rčak. Živog ga nisam mogla vidit'! – odgovorila je Sheila.

– Otrov za štakore. Mmm. Divna smrt, duga i polagana! – nadovezao se Burt i dahtavo se nasmijao. – Jedino što su poslije pomalo čudnog okusa, ali ne smeta.

Zoe je nasrnula na njih dvoje – željela ih je oboje rastrgati na komadiće. Tata ju je zgrabio i zadržao.

– Zoe, nemoj! Ne znaš za što su sve sposobni. – Tata je morao upotrijebiti svu svoju snagu da obuzda kćer. – Slušajte, ne želimo nikakav cirkus – molećivo je rekao. – Samo mojoj Zoe vratite njezina ljubimca. Smjesta. Onda ćemo otići i pustiti vas na miru.

– Nikada! – prosiktao je Burt. – Bebe su najsočnije. Čuvao sam ga za naš mali randevu, Sheila. Mljaaac...

Burt je polako posegnuo u prljavi džep pregače.

– Kad smo već kod toga – rekao je – tvoj mi je ljubljeni Armitage baš pri ruci...

Zatim je iz džepa izvukao štakorčića za rep. Zoein je ljubimac cijelo vrijeme bio ondje, a ne u kavezu! Burt je Armitageu čvrsto svezao ručice i nožice metalnom žicom kako ne bi mogao pobjeći. Izgledao je poput malog, štakorskog Houdinija.

– Neeeee! – vrisnula je Zoe vidjevši ga u tom bijednom stanju.

– Bit će od njega jedan strašno fini, sočni hamburgerić! – rekao je Burt oblizujući se.

Sheila je odmjerila sirotog mališana koji se koprcao u zraku a zatim se okrenula Burtu. – Slobodno ga pojedi, moja jedina, istinska ljubavi – rekla je. – Ja ću se držat' čipsa od škampa, ako nemaš ništa protiv.

– Kako god ti paše, anđele moj nebeski.

Slijepac je odglavinjao do stroja za satiranje i povukao ručku. Skladištem je odjeknulo grozomorno, glasno struganje. Burt se polako počeo uspinjati ljestvama prema vrhu lijevka.

– Pusti tog štakora! – viknuo je tata.

– Ko da je tebe itko u životu nešto poslušo'! Baš si smiješan! – kroza smijeh mu je dobacila Sheila.

Zoe se istrgla iz očeva stiska i potrčala za Burtom. Morala je spasiti Armitagea! Burt se, međutim, već uspeo do polovice ljestava, a siroti mali Armitage batrgao se koliko god mu je nejako tjelešce to dopuštalo i pritom cičao od užasa. Zoe je zgrabila Burta za nogu, ali oslobodio se grubim, žestokim trzajem. Burt ju je zatim petom čizmetine šutnuo ravno u nos. Odletjela je i snažno tresnula o betonski pod.

– AAAAAAAAH HHHHHHHH!!!!! !!!!!!!! – vrisnula je Zoe.

Tata se zaletio i jurnuo uza ljestve za ubojicom štakora. Ubrzo su dva muškarca nesigurno stajala na najvišoj prečki dok su se ljestve opasno klatile pod njihovom težinom. Tata je zgrabio Burta za zapešće i savio mu ruku ne bi li ga natjerao da ispusti štakorčića.

– Kad si već tamo, slobodno ubaci i mog muža u stroj za hamburgere! – zlurado je klicala Sheila.

Tatin se lakat očešao o Burtovo lice i lovcu na štakore oborio naočale s nosa. Kad su mu se oči srele s crnim dupljama na mjestu gdje su tom tipu trebale biti oči, tata se toliko užasnuo da je uzmaknuo i izgubio ravnotežu. Noga mu je skliznula s vrha ljestava i zagazila prema otvoru lijevka.

Počeo je kliziti sve niže stroju za satiranje. Tata se u borbi za goli život očajnički pokušavao uhvatiti za Burtovu pregaču, ali bila je toliko masna da mu je neprestano klizila iz stiska.

– Molim te, molim te – preklinjao je tata. – Pomogni mi da se izvučem.

– Jok. Poslužit ću te školarcima za užinu – hrapavim je glasom odgovorio Burt dok je, promuklo se cerekajući, silom odvajao tatine prste s pregače. – A za tobom će i tvoja kćer!

– To! I nju ubaci! – navijala je Sheila.

Ozbiljno ošamućena, Zoe se nesigurno podigla na sve četiri a zatim dopuzala do ljestava kako bi pomogla ocu. Sheila ju je u tome zdušno pokušavala spriječiti, grubo čupajući djevojčicu za kosu i povlačeći joj glavu unatrag. Potom ju je podigla za kosu, zavitlala pokćerku oko sebe i bacila je u zrak.

Poletjela je visoko...

A zatim se srušila.

Punom silinom.

Zoe je urliknula od bola tresnuvši po drugi puta o pod.

– Aaaaaaaaaaah hhhhhhhhhhhhh!!!!!!!!!!!!!

Usprkos gustoj, kovrčavoj kosi, od udarca joj se na trenutak zacrnjelo pred očima.

– Ej, Burte? Ne miči se odozgo, a ja ću ti pomoć' da ih dokrajčiš! – povikala je Sheila dvojici muškaraca koji su se još borili navrh stroja za hamburgere. Potom se ta groteskno debela gospođa počela polako uspinjati ljestvama dok su prečke škripale pod njezinom slonovskom težinom.

Još uvijek ošamućena, Zoe je otvorila oči i vidjela maćehu kako se klati na vrhu ljestava. Ženturača je pokušavala odvojiti prste njezinog tate od Burtove masne pregače. Svijala ih je jednog po jednog i hihotala se, tjerajući muža sve bliže strašnoj smrti u stroju za hamburgere.

Sheila je, međutim, bila toliko teška da su se, kada se malo nagnula kako bi sirotom čovjeku silom odvojila mali prst, pod njezinom masom cijele ljestve prevalile na stranu.

KKKKKRRRAAAA
AAAAAAŠŠŠŠŠŠŠŠŠ
ŠŠŠšššŠŠŠŠŠŠŠŠ!!!!!!!!!

Burt i Sheila naglavačke su se stropoštali ravno u stroj za satiranje...

...Tata se u zadnji čas jednom rukom grčevito uhvatio za rub lijevka...

...Armitage je padao u stroj zajedno s okrutnim lovcem na štakore. Tu štakorsku bebicu više ništa nije moglo spasiti od satiranja...

29

Ružičaste, čupave šlape

Upravo u tom trenutku, dok je Burt letio zrakom, Armitage je tog monstruma ugrizao za prst pa ga je Burt, drečeći od bola, zavitlao i bacio što dalje od sebe.

Štakor je poletio visoko, visoko...

... i sletio ravno u tatinu ispruženu ruku.

– Imam ga! – uskliknuo je tata. Na jednoj je ruci visio s ruba lijevka, a drugom je čvrsto stezao Armitagea. Armitage je cičao kao lud.

Uto se začulo nekakvo grgljanje, a gnjusni je par prošao kroz stroj.

Stroj je škripao i tresao se kao nikada prije, meljući ih valjcima. Naposljetku su na pokretnu traku ispala dva ogromna hamburgera.

Iz jednog su stršale Burtove crne naočale. U drugom su se jasno vidjele Sheiline ružičaste, čupave šlape. Bila su to dva nevjerojatno gadna bljakburgera.

-UPOMOĆ!

– povikao je tata. Za trenutak će i sam biti pretvoren u hamburger...

Zoe je smjesta ponovno usredotočila pozornost na valjak.

Otac je još visio s ruba stroja za satiranje na jednoj ruci, drugom stežući Armitagea.

Tatine su se noge još klatile iznad oštrica za mljevenje mesa koje su mu strugale vrške cipela proizvodeći zvuk kao kad list papira gurneš u uključeni stolni ventilator.

Zoe je jasno vidjela kako klizi. Ruke su mu bile masne od Burtove pregače, što je značilo da mu stisak polako, ali sigurno popušta.

Za nekoliko će trenutaka izgubiti glavu.

A zatim će iz stroja izići još jedan velik hamburger.

Dok joj se u glavi još vrtjelo od sudara s podom, Zoe je hladnim, mokrim betonom skladišta počela puzati prema stroju.

– Isključi ga! – viknuo je tata.

Zoe je žurila do ručke sa strane. Zapela je petnih žila, ali nije je uspjela pomaknuti.

– Zaglavila se! – doviknula je.

– Onda dohvati ljestve! – dreknuo je tata.

Zoe se osvrnula: ljestve su postrance ležale na tlu, gdje su i pale.

– BRZO! – vrisnuo je tata.

– CIIJUU! – vrisnuo je Armitage, omotavši se repić oko tatine slobodne ruke što je čvršće mogao.

– Dobro, dobro, stižem! – rekla je Zoe.

Uprevši iz sve snage, djevojčica je uspravila ljestve i potrčala uza prečke. Na vrhu je promolila nos preko ruba i pogledala u golemi stroj pod sobom. Kao da je virila u zmajevo ždrijelo. Čelični zupci za mljevenje bili su poput divovskih zuba, spremnih da te rastrgaju na komadiće.

– Evo! – rekao je tata. – Uzmi Armitagea!

Zoe je pružila ruku da prihvati štakorčića s tatina dlana. Tata je podigao ruku i dodao joj Armitagea, čije su prednje i stražnje šapice još bile vezane željeznom žicom. Privila ga je čvrsto na grudi i poljubila ga u vršak nosa. – Armitage? Armitage? Jesi dobro?

Tata je odozdo gledao taj dirljivi susret i zakolutao očima.

– Ma pusti sad njega. Što ćemo sa mnom? – dreknuo je.

– A joj, imaš pravo! Oprosti, tata! – rekla je Zoe. Tutnula je Armitagea u unutarnji džep na prsima a zatim čučnula na vrhu ljestava i pružila ruke da povuče oca na sigurno. Tata je, međutim, bio težak pa je Zoe zateturala izgubivši ravnotežu i zamalo se naglavce sunovratila u stroj.

– Pazi, Zoe! – rekao je tata. – Samo bi još trebalo da i tebe povučem za sobom!

Zoe se malo spustila niz ljestve i nogama obujmila prečku kako bi se što bolje usidrila. Zatim je ispružila ruke, a tata se za njih uhvatio i napokon se uspentrao na sigurno.

Kada se spustio na čvrsto tlo, tata je žestoko povukao ručku, isključio stroj i iscrpljeno se skljokao na pod.

– Jesi dobro, tata? – upitala je Zoe stojeći nad njim.

– Malo sam se ugruvao i zaradio pokoju modricu – odgovorio je – ali preživjet ću. Dođi meni. Tvojem bi starom tati sada trebao jedan veliki zagrljaj. Jako te volim, znaš...?

– Oduvijek sam to znala, a i ja tebe jako volim...

Zoe je legla na pod pokraj oca, a on ju je obgrlio dugačkim rukama. U njegovu je naručju izvadila Armitagea iz džepa i pažljivo mu odvezala nožice. Svi su se zajedno stisnuli u veliki, obiteljski zagrljaj.

Uto ih prekine Armitage. – Ciju, ciju! – rekao je a zatim malo zaplesao na stražnjim nogama ne bi li natjerao Zoe da malo podigne pogled – prema tornju od štakora koji su još bili onako okrutno natiskani u kavezima.

– Mislim da nam Armitage pokušava nešto reći, tata.

– Što to?

– Mislim kako žarko želi da oslobodimo njegove prijatelje.

Tata je podigao pogled prema vrtoglavo visokom zidu od štakora koji samo što nije dosezao krov skladišta. Svaki je kavez bio dupkom pun sirotih, stiješnjenih, izgladnjelih štakora. – Pa naravno! Zamalo sam zaboravio na njih!

Tata je dogurao ljestve do kaveza, zatim se popeo na vrh, a Zoe je Armitagea vratila u sigurnost unutrašnjeg džepa i popela mu se na ramena kako bi dosegnula najviši kavez.

– Samo oprezno! – rekao je tata.

– A ti pazi da me čvrsto držiš za noge!

– Ništa ne brini, imam te!

Zoe je napokon uspjela otvoriti prvi kavez. Štakori su se iskobeljali što su brže mogli a zatim su im djevojčica i njezin tata poslužili kao ljestve za silazak na sigurno tlo. Ubrzo je Zoe otvorila sve kaveze pa su se tisuće i tisuće štakora rastrčale skladištem, uživajući u novostečenoj slobodi. Zatim su Zoe i njezin tata otvorili kantu sa žoharima, koji su za dlaku izbjegli zlu sudbinu da budu samljeveni u "kečap"!

– Pogledaj – rekao je tata. – Kad bolje razmislim, ipak zažmiri. Premala si da bi to gledala.

Naravno, dragi čitatelji, i sami dobro znate kako na cijelome svijetu nema djeteta koje bi na te riječi zažmirilo.

I Zoe je, dakako, pogledala.

Bili su to svježe samljeveni bljakburgeri od Sheile i Burta. Štakori su ih halapljivo proždirali, napokon dočekavši trenutak osvete!

– A joj! – rekla je Zoe.

– Ako ništa drugo, uništit će sve dokaze – rekao je tata. – A sad dođi, najbolje da zbrišemo odavde...

Tata je kćerkicu uhvatio za ruku i izveo je iz skladišta. Zoe se osvrnula prema izbubetanom kombiju.

– A što s tom hamburgerdžinicom na kotačima? Burtu više neće trebati – rekla je.

– Znam, ali što će nam, vrag je odnio? – zapitao se tata, upitno pogledavši kćer.

– Kad već pitaš – rekla je Zoe – imam ideju...

30

Cimeri

Zimu je zamijenilo proljeće, a kombi se još preuređivao. Samo je za ispiranje masti koja se nagomilala na svakoj površini vozila, unutrašnjoj i vanjskoj, trebalo dobrih tjedan dana. Čak je i volan bio prekriven nekakvom sluzi. Taj se posao, međutim, uopće nije doimao kao posao, uglavnom zato što su Zoe i njezin tata većinu toga radili zajedno pa im je bilo iznenađujuće zabavno. Tata je bio toliko sretan da nijedanput nije otišao u pivnicu, što je Zoe također jako usrećilo.

Bilo je tu, dakako, i klipova pod kotačima. Budući da je bio nezaposlen, tata je primao jako malenu naknadu. Bila je to prava crkavica, jedva dovoljna da prehrani njega i kćer, a kamoli da obnovi kombi.

Na svu sreću, tata je bio genijalac.

Velik je broj svega i svačega što mu je trebalo za kombi pronašao na smetlištu. Iz smeća je izvukao mali zamrzivač i popravio ga. U njemu su sladoledi na štapiću ostajali fino hladni. Stari umivaonik bio je taman prave veličine da stane u zadnji kraj kombija kako bi se u njemu mogle prati žlice za sladoled. Zoe je u kontejneru pronašla plastični tuljac od kojeg su, uz malo boje i kaširanog papira, tata i kćer napravili zgodan sladoled u kornetu i pričvrstili ga na poklopac motora.

Sve je, napokon, bilo gotovo.

Njihova sladoledarnica na kotačima.

Sutradan je bio zadnji dan Zoeina isključenja iz škole. Trebalo je, međutim, donijeti još jednu, posljednju odluku. Morali su se domisliti nečem jako važnom i odsudnom. Morali su pronaći odgovor na pitanje od iznimne važnosti.

Što da napišu na vrata kombija.

– Trebao bi ga nazvati po sebi – rekla je Zoe kada su se odmaknuli da se dive djelu svojih ruku. Kombi je blistao pod poslijepodnevnim suncem na parkiralištu ispred zgrade. Tata je u ruci držao kist i kanticu s bojom.

– Ne, imam bolju ideju – rekao je i nasmiješio se. Tata je prišao kombiju i počeo kistom ispisivati slova. Zoe ga je promatrala s velikim zanimanjem.

Prvo slovo bilo je "A".

– Tata, što to pišeš? – nestrpljivo je upitala Zoe.

– Pssst – odgovorio je njezin tata. – Vidjet ćeš.

Slijedilo je "R", a za njim i "M".

Ubrzo se Zoe dosjetila pa je, ne mogavši si pomoći, uskliknula: – *Armitage!*

– Tako je, ha ha! – kroza smijeh je rekao tata. – *Armitageovi slatkači.*

Tata je dodao "I", zatim "T", zatim "A", "G", "E", pa "OVI", zato što svi znaju da su padežni nastavci jako važna stvar, i na kraju riječ "SLATKAČI".

– Jesi li siguran da ga želiš nazvati po njemu? – upitala je Zoe. – Na kraju krajeva, on je ipak samo jedan malecni štakor.

– Znam, ali da njega nije bilo, ništa se od ovoga ne bi dogodilo.

– Imaš pravo, tata. Zbilja je to jako poseban dečkić.

– Usput, nikad mi nisi rekla zašto si ga nazvala Armitage – rekao je tata.

Zoe je progutala knedlu. Ovo nipošto nije bio pravi trenutak da otkrije tati kako je na vrata svojeg blistavog kombija upravo napisao ime sa zahodske školjke.

– Ovaaj… duga priča, tata.

– Nimalo mi se ne žuri.

– Uf. Ispričat ću ti neki drugi put. Časna riječ. Kad bolje razmislim, najbolje da odmah odem po njega. Htjela bih da vidi kako si sredio kombi…

Armitage je sad već bio posve odrastao pa joj više nije stao u džep blejzera. Stoga ga je Zoe ostavila u stanu.

Zoe je uzbuđeno potrčala stubama nebodera i uletjela u svoju sobu. Armitage je švrljao po Pusličinom starom kavezu. Tata je spasio kavez iz zalagaonice uspjevši ga zamijeniti za obiteljsko pakiranje čipsa od škampa koji njegova bivša žena, nekim čudom, nije stigla proždrijeti.

Zoeina soba, dakako, više nije bila samo Zoeina.

Ne: otkako se srušio zid, soba je sada bila dvostruko veća i dijelile su je dvije djevojčice.

Ta druga djevojčica bila je Tina Trotts.

Mjesni je odbor odavna obećao popraviti zid, ali još je bio srušen. Na Zoeino iznenađenje, kada je ušla u sobu zatekla je Tinu kako kleči pred kavezom i kroz rešetke nježno hrani štakorčića koricama kruha.

– Što to radiš? – upitala je Zoe.

– Učinilo mi se da bi rado nešto gricnuo... – rekla je Tina. – Nadam se da se ne ljutiš.

– Ja ću nastaviti, hvala lijepo – odvratila je Zoe i zgrabila hranu iz Tinine ruke. Još je bila sumnjičava prema svemu što je ta djevojčura radila. Na koncu, Tina je bila ta koja joj je na putu u školu svakoga jutra hračkala u kosu. Sva silna nesreća koju joj je nanijela neće brzo biti zaboravljena.

– Zar mi još ne vjeruješ? – upitala je Tina.

Zoe se na trenutak zamislila. – Nadajmo se samo da će mjesni odbor što prije podići taj zid – naposljetku je rekla.

– Meni ne smeta – odvratila je Tina. – Zapravo mi je drago što dijelimo sobu.

Zoe ništa nije rekla. Sobom je zavladao muk, a Tina se počela vrpoljiti.

Grrrr! pomislila je Zoe. *Prestani sažalijevati Tinu Trotts!*

Kako stvari stoje, međutim, u prošlih je nekoliko tjedana Zoe mnogo toga doznala o Tininu životu. To da njezin grozni otac gotovo svaku večer urla na nju. Tinin je otac bio krupan poput medvjeda. Uživao je u ponižavanju i obezvrjeđivanju kćeri pa se Zoe sve više pitala nije li upravo to razlog iz kojega se Tina iskaljuje na drugima. Ne samo na Zoe, nego na *svakome* slabijem od sebe. Bilo je to veliko kolo okrutnosti koje će zauvijek mljeti sve pred sobom dok ga netko ne zaustavi.

Pa ipak, koliko god Zoe shvaćala Tinu, ta joj se djevojčica još nikako nije sviđala.

– Moram ti nešto reći, Zoe – odjednom se oglasila Tina, a oči su joj se napunile suzama. – Nešto što još nikome nisam rekla. Nikada. Nikad, nikad, nikad. A ako to nekome kažeš, slomit ću ti vrat.

Bože mili, pomislila je Zoe. *Što li bi to, dovraga, moglo biti? Možda neka užasna tajna? Možda Tina ima još jednu glavu koju skriva pod džemperom? Ili je zapravo dječak po imenu Bob?*

Ali ne, dragi čitatelji. Ništa od navedenog.

Riječ je o nečem daleko, daleko šokantnijem…

31

Slavan i bogat štakor

– Oprosti – naposljetku je protisnula Tina.

– Oprosti? To je ono što još nikome nisi rekla? Nikada?

– Ovaaj... tako je.

– Oh – rekla je Zoe. – Oh, OK.

– Oh, OK., znači opraštaš mi?

Zoe je pogledala krupnu djevojčicu. Uzdahnula je.

– Da, Tina. Opraštam ti – rekla je.

– *Užasno* mi je krivo što sam bila okrutna prema tebi – rekla je Tina. – Samo što... dođe mi da puknem od bijesa. Pogotovo kad moj tata... znaš. Jednostavno mi dođe da zgnječim nešto manje od sebe.

– Kao, na primjer, mene.

– Znam. Užasno mi je žao. – Tina je već bila u suzama. Zoe je zbog toga postalo pomalo nelagodno – gotovo bi joj bilo draže da joj Tina opet hračne na glavu. Zoe je obujmila djevojčicu rukama i čvrsto je zagrlila.

– Znam, znam – tiho je rekla Zoe. – Svi su naši životi na ovaj ili onaj način teški. Ali slušaj što ću ti reći... – Zoe je nježno obrisala Tinine suze palcima. – Moramo biti dobre jedna prema drugoj i držati se skupa, dobro? Kvart je ionako već dovoljno gadan pa nema potrebe da mi još i ti zagorčavaš život.

– Znači, ne smijem ti više hračkati na glavu? – upitala je Tina.

– Ne smiješ.

– Čak ni utorkom?

– Čak ni utorkom.

Tina se nasmiješila. – Dobro.

Zoe je vratila koricu kruha Tini. – Nemam ništa protiv da nahraniš mog malog dečka. Slobodno nastavi.

– Hvala – rekla je Tina. – Jesi li ga naučila kakvim novim trikovima? – upitala je, a lice joj se ozarilo od iščekivanja.

– Pusti ga iz kaveza pa ću ti pokazati – odvratila je Zoe.

Tina je nježno otvorila vrata kaveza, a Armitage joj se oprezno popeo na ruku. Ovoga je puta nije ugrizao, nego joj se blago mekim krznom očešao o prste.

Zoe je uzela kikiriki iz vrećice na polici, a njezina je novostečena prijateljica nježno položila Armitagea na tepih, koji je još bio prekriven gustim slojem prašine. Pokazala mu je kikiriki.

Armitage je bez oklijevanja stao na stražnje noge i otplesao jako zabavan ples unatraške, a Zoe ga je za to nagradila kikirikijem. Ščepao je kikiriki prednjim šapicama i stao ga pohlepno grickati.

Tina je zapljeskala iz sve snage. – Fantastično! – rekla je.

– Nije to ništa! – odvratila je Zoe, pucajući od ponosa. – Vidi ovo!

Uz obećanje da će dobiti još kikirikija, Armitage je izveo kolut naprijed, premet unatrag, čak se i vrtio na leđima kao da pleše *breakdance*!

Tina nije mogla vjerovati vlastitim očima.

– Trebala bi ga odvesti na telku, u onu emisiju gdje traže nove zvijezde – rekla je Tina.

– To bi bilo super! – rekla je Zoe. – Možda postane prvi slavni i bogati štakor na svijetu. A ti bi mi mogla biti asistentica.

– Ja?! – zabezeknuto je upitala Tina.

– Aha, ti. Zapravo, baš mi je potrebna tvoja pomoć s novim trikom kojeg sam smislila.

– Super, super, to bih jako voljela! – Tina se sva zapljuvala. Zatim je, kao da se upravo sjetila nečeg jako važnoga, rekla: – A joj!

– Što? – upitala je Zoe.

– Školska predstava na kraju polugodišta!

Zoe nije promolila nos u školu još od početka trotjedna isključenja s nastave pa je posve zaboravila na predstavu.

– Aha, ona koju organizira profesorica Kepecić.

– Da, da, profesorica Kepec. Bilo bi skroz super da se prijavimo s Armitageom.

– *Nema šanse* da mi dopusti donijeti Armitagea natrag u školu. Pa zbog njega su me i izbacili!

– Ne, ne, ne, raspravljali su o tome na nastavničkom vijeću. A onda je navečer ravnatelj donio posebno pravilo. Dopušteno je doći u školu s kućnim ljubimcima.

– Ha, on nije ni pas ni mačka, ali može ga se nazvati kućnim ljubimcem – naglas je razmišljala Zoe.

– Ma naravno da jest! A čuj ovo. Kepec svira tubu, čula sam je kako vježba. Grozna je! Svi su klinci uvjereni da svira samo zato da zbari ravnatelja.

– Znači istina je, zacopala se! – rekla je Zoe.

Dvije su se djevojčice nasmijale. Sama pomisao na neobično sitnu nastavnicu koja puše u neobično golem instrument već je bila za puknuti od smijeha, a kamoli činjenica da joj duboki tonovi tube služe kao sredstvo zavođenja!

– Moram to vidjeti vlastitim očima! – rekla je Zoe.

– I ja – kroza smijeh se složila Tina.

– Samo moram Armitageu na brzinu nešto pokazati na parkiralištu, a zatim možemo cijelu večer skupa uvježbavati novi trik!

– Jedva čekam! – uzbuđeno je odvratila Tina.

32

Karamela do nosa

Trčanje niza stube mnogo je lakše od pentranja pa je, još prije negoli se boja na kombiju osušila, Zoe sva uspuhana pokazivala Armitageu plodove svojega i tatina teškog rada. Tata se uspeo u kombi i otvorio kliznu pregradu. Zoe nikada nije vidjela tatu tako sretnog.

– Doobro, evo moje prve mušterije. Što bi ste željeli, mlada gospođice?

– Hmmm... – Zoe je mjerkala raznobojne sladolede. Odavna nije okusila te slasne, ledene deserte – nije bila sigurna je li uopće i liznula sladoled nakon onih večeri kad bi tata dojurio kući iz tvornice noseći joj svakojake lude okuse na kušanje.

– U kornet ili u čašicu, gospođice? – upitao je tata koji je već počeo uživati u novom poslu.

– Kornet, molim lijepo – odvratila je Zoe.

– Je li vam neki od okusa posebno zagolicao maštu? – sa smiješkom je upitao tata.

Zoe se nagnula preko pulta i proučila dugi niz okusa od kojih su rasle zazubice. Nakon svih onih silnih godina u tvornici, tata je zbilja znao napraviti istinski neodoljive sladolede.

Bili su tu:

Trostruki čokoladni kup

Slasni vrtlog od jagode i lješnjaka

Karamela s karamelnom karamelom

Slatka eksplozija karamele i kokica

Hrskava karamela s medenjacima

Punč iznenađenja

Tutti-frutti-poludi

Valovita malina s komadićima crne čokolade

Karamelizirana karamela s kremom od kokosa

Keksi i hrskava čokolada

Karamelna karamela s karameliziranom karamelom

Slasni vrtlog od kandiranog voća i maslaca od kikirikija

Pistacio s bijelom čokoladom

Čokoladna pita s mega komadima karamele

Eksplozivna vanilija s bombonima

Vrhunski ledeni frape s puslicama

Četverostruka čokoladna torta s medenjacima

Čokoladna jaja & šumsko voće

Puž & brokula

Karamela, karamela, karamela i samo karamela,

a onda još malo karamele da ti počne ići na nos.

Bila je to najveličanstvenija kolekcija sladolednih okusa na cijelome svijetu. Ne računamo li, dakako, okus puža s brokulom.

– Mljac... Svi izgledaju slasno, tata. Preteško mi se odlučiti...

Otac se zagledao u svoj arsenal sladoleda. – Ako je tako, jednostavno ću ti morati dati po jednu kuglicu od svakoga!

– Super – rekla je Zoe. – Ipak, možda bi mogao preskočiti onaj s pužem i brokulom?

Tata se naklonio. – Vaša želja meni je zapovijed, gospođice.

Dok mu se kćerkica hihotala, na kornet je nizao kuglicu za kuglicom sve dok sladoled u kornetu nije postao viši od nje. Držeći Armitagea jednom rukom, drugom je, poput cirkusanta, pokušavala balansirati nevjerojatno visokim sladoledom.

– Ne mogu sve to sama pojesti! – rekla je smijući se. Pogledala je prema neboderu i vidjela Tinu kako je gleda s prozora na 37. katu.

– TINA! DOĐI DOLJE! – viknula je Zoe iz sveg glasa.

Ubrzo su mnoga djeca promolila nos iz stanova, pitajući se kakva je to buka.

– SVI DOĐITE! – dozvala ih je Zoe. Nekolicinu je prepoznala, ali većinu nije poznavala. Neke nikad u životu nije vidjela, premda su svi skupa bili stiješnjeni u tom ružnom, golemom, nakrivljenom neboderu. – Siđite svi, koliko vas ima, i pomognite mi da smažemo ovaj sladoled.

U samo nekoliko sekundi, stotine klinaca prljavih, ali ushićenih faca, slilo se na parkiralište kako bi liznuli malo Zoeinog nevjerojatno visokog sladoleda. Nakon nekoliko trenutaka, djevojčica je sladoled povjerila Tini koja se pobrinula da svi klinci dobiju jednaki dio, a pogotovo oni najmanji čija ustašca nisu mogla dosegnuti tako visoko.

Dok su dječja cika i smijeh postajali sve jači, a danje svjetlo sve slabije, nasmiješena se Zoe odvojila od radosnih klinaca i sjela sama na obližnji zidić. Rukom

je pomela smeće oko sebe i podigla Armitagea pred lice. Zatim mu je dala nježnu, malu pusu navrh glave.

– Hvala ti – šapnula mu je. – Jako te volim.

Armitage je nakrivio glavu i pogledao je s najslađim malim osmijehom. – Ciju, ciiiju, ciii-ciii-cijuuuujci – rekao je. Što, dakako, u prijevodu sa štakorskoga na hrvatski, znači:

– Hvala tebi. I ja tebe jako volim.

Epilog

– Najljepša vam hvala, profesorice Kepec, hoću reći, Kepecić, na ovoj skladbi koju ste nam krasno odsvirali na tubi – slagao je profesor Smrtić. Bilo je zbilja grozno. Zvučalo je poput nilskog konja koji prdi sve u šesnaest.

Profesorica Kepecić odvukla se s pozornice školske predstave, nevidljiva iza svog divovskog, teškog instrumenta.

– Ovuda, gospođice Kepecić – zabrinutim ju je glasom dozvao profesor Smrtić.

– Hvala lijepo, ravnatelju – začuo se prigušeni glas trenutak prije negoli se profesorica Kepecić zabila u zid pokraj vrata. Tuba je bolje zazvučala tresnuvši o pod nego dok ju je Kepecićka svirala.

– Dobro sam, ništa mi nije! – oglasila se profesorica Kepecić ispod smiješno velike tube.

– Ovaaj... baš mi je drago – rekao je ravnatelj.

– Ipak, možda bi mi dobro došlo umjetno disanje, usta na usta!

Premda se to činilo nemogućim, profesor Smrtić još je više problijedio. – A sada – rekao je, ne obraćajući pažnju na nastavnicu koja se s mukom pokušavala iskobeljati ispod svog šašavog limenog glazbala – pozdravimo pljeskom posljednju točku naše predstave – Zoe!

Netko se iza pozornice napadno nakašljao.

Profesor Smrtić ponovno je pogledao papir s bilješkama. – Oh, ovaaj, pozdravimo Zoe i Tinu!

Cijelo je gledalište snažno zapljeskalo, ali nitko glasnije od Zoeina tate, koji je ponosito sjedio u prvome redu. Pokraj njega je sjedio Raj i uzbuđeno aplaudirao.

Zoe i Tina su, u jednakim trenirkama, dotrčale na pozornicu i naklonile se. Tina je zatim legla na pod, a Zoe je sa svake strane postavila nešto nalik na minijaturne skakaonice koje su načinile od praznih kutija zobenih pahuljica.

– Dame i gospodo, djevojčice i dječaci, predstavljam vam: Čudesnog Armitagea! – rekla je mala, riđa djevojčica.

U tom je trenutku, vozeći motocikl na navijanje koji je Zoein tata kupio na buvljaku i popravio ga, na pozornicu dojurio Armitage s majušnom motorističkom kacigom na glavi.

Cijelo je gledalište poludjelo od oduševljenja čim ga je vidjelo, osim Raja, koji je od straha prekrio oči dlanovima. Još se panično bojao glodavaca.

– Možeš ti to, Armitage – šapnula je Zoe. Dok su uvježbavali točku, Armitage bi koji put posve promašio skakaonicu i provezao se mimo nje, što baš i nije bio ludo uzbudljiv trik.

Armitage je sve brže jurio prema skakaonici.

Daj, daj, daj, daj, u sebi je navijala Zoe.

Štakorčić je besprijekorno pogodio skakaonicu.

Tooo!

Armitage je odskočio...

Armitage je poletio zrakom...

Jao, neee! pomislila je Zoe.

Prebrzo je gubio visinu. Promašit će skakaonicu s druge strane.

Armitage je padao sve niže i niže...

Zoe je zadržala dah...

A zatim je sletio ravno na Tinin napeti trbuščić.

I odbio se natrag u zrak.

I spustio se ravno na skakaonicu s druge strane.

Bio je to trenutak potpunog ushita i radosti. Vjerojatno su svi mislili da je točka bila upravo tako i zamišljena.

– Auuff – rekla je Tina.

– Ciju – rekao je Armitage, besprijekorno vješto zaustavivši motorkotač.

Publika je smjesta skočila na noge i ispratila ih pljeskom koji kao da je trajao sto godina – čak je i Raj uspio proviriti kroz prste.

Zoe je pogledala Armitagea pa Tinu a zatim tatu koji je pljeskao kao luđak.

Na to joj je, sam od sebe, na usnama zaigrao osmijeh.